°LUFTSCHACHT

Hanno Millesi

IM MUSEUM DER AUGENBLICKE

w w w . l u f t s c h a c h t . c o m

herausgegeben von Stefan Buchberger und Jürgen Lagger
erstveröffentlicht 2003, Triton Verlag

Umschlaggestaltung & Layout: Jürgen Lagger

Umschlaggestaltung unter Verwendung einer Grafik von
© Stefan Buchberger

Abbildungen: © Ellen Semen
Satz: Norbert Auer

Druck und Herstellung: FINIDR, s.r.o.

Die Wahl der angewendeten Rechtschreibung
obliegt dem/der jeweiligen AutorIn

ISBN 978-3-902373-25-0

Das Museum ist umgezogen. Der Umzug ist lange geplant gewesen. Die Gespräche darüber, die Versprechungen, Prophezeiungen und Diskussionen reichen bereits Jahrzehnte zurück. Und jetzt ist es endlich soweit. Alle Gemälde und Erläuterungstafeln, alle Skulpturen, alle Plastiken, denn dabei handelt es sich nicht um das gleiche, alle Namensschilder und Zeichnungen, Skizzen und Papierarbeiten, Konzepte und Modelle, alles, was der Besucher wechselweise zu sehen bekommt, ist sorgfältig verpackt und hierher gebracht worden. Außerdem aber auch alles, was der Museumsbesucher üblicherweise nicht zu Gesicht bekommt. Die Büros samt den Aktenordnern, den Sekretärinnen und Kaffeemaschinen, den Karteien und Steuerberatern, den Archivaren und Archivarinnen, den Herren und Frauen Kunsthistorikern und ihren Bibliotheken, ihren Diabetrachtungsgeräten, in denen ihnen die Kunstwerke weitaus lieber sind als an der Wand. Durch nichts als den Blick getrennt. Wehrlos und gleichzeitig angriffslustig. Armselig und im selben Moment demütigend.
In einem Museum existieren zwei Welten, zwei parallele Universen, wie es die Kunst und ihre Betrachtung gibt, ein Gebäude und das, was es zum Museum macht. Das eine Universum ist zugänglich. Es besteht aus Korridoren und Sälen, aus weißen Wänden und vor diesen hängenden Bildern. Gestalten, Gebilde, die aus dem Nichts eines leer stehenden Raumes gewachsen scheinen, die offenbar vorbeigekommen und ganz einfach

hier geblieben sind. Die Schauräume, in denen man seinen Geist herausfordern kann, die man regelmäßig aufsucht, um die eigene Tolerangrenze immer wieder zu überprüfen. So erklärt zumindest er sich das. Er, das ist Arthur Werdenau, und seine Perspektive ist die eines Museumsaufsehers. *Seher*, das hat ihm gleich gefallen, als ihn die Beamtenvermittlerin fragte, ob er sich einer solchen Aufgabe gewachsen sehe. *Hinaufsehen, Aufschauen*, das hat er allerdings dann bald als das eigentliche Zauberwort erkannt. Die *Aufsicht*, hat er sich gedacht, mit der vor Augen es bergauf gehe. Aber er bewegt sich immer nur in der Ebene. Ebene eins oder Ebene zwei, Untergeschoß oder Tiefenlager und dazwischen die Stiegen und Aufzüge, die den Niveau-Unterschied zu verbergen versuchen. Man biegt ab und woanders wieder ein. Der Ebenenwechsel ereignet sich im neutralen Bereich. Lediglich eine Zahl weist darauf hin, wohin man sich begeben hat. Das Gebäude ist nach außen hin nahezu fensterlos, innen künstlich beleuchtet und mit unregelmäßigen Einschnitten in die Mauer verziert. Auf Arthur wirkt sich diese Fensterlosigkeit unangenehm aus. Auf einer Mitarbeiterversammlung hat man ihn aber an die zahlreichen Vorteile künstlicher Beleuchtung erinnert.
Das zweite Universum darf nicht betreten werden, lässt sich auch gar nicht betreten. Man kann nur darauf eingehen, davor davonlaufen oder darin auftreten, wie auf einer Bühne. Es ist das Universum der Beziehungen, des zwischenmenschlichen Verhaltens, eines In-sich-Verkrampftseins,

des Zurechtkommens mit der Geringschätzung. Bei den Koordinaten, entlang derer man sich in diesem Universum bewegt, handelt es sich um die Eigenschaften und Gewandtheiten, die man der Grenzenlosigkeit zu bieten hat. Es ist auch das Universum der Gänge und Korridore, aber in diesen bewegen sich Menschen. Türen gehen auf und Mitarbeiter kommen heraus, um über den Gang zu gehen und hinter einer anderen Türe zu verschwinden. Sie bewegen sich gleichförmig. Sind sie auf dem Weg zur Beförderung, sind sie entlassen worden, verbergen sich hinter ihren Pupillen Tränen? Könnten sie jauchzen oder zwischen jedem fünften und zehnten Schritt in die Luft hüpfen? Gehen sie essen oder auf die Toilette? Das zweite Universum ist das der Rätselhaftigkeit und des Geschicks, dieses Geheimnis zu erkennen und es zu bewahren, ohne es verstanden zu haben. Die Galaxis des Aneinandervorbei ohne sich zu berühren.

Auch dieser Bereich besteht aus verschiedenen Ebenen, die ebenfalls nicht zu betreten sind. Auf einer Ebene befindet man sich, man verlässt sie nicht. Bestenfalls wird die Ebene, auf der man sich befindet, zuweilen mit einer Ebene konfrontiert, auf der sich jemand anderer befindet. Arthur Werdenaus Ebene beispielsweise ist die der Aufseher. Der Aufseher und Nachtwächter, Sonntags- und Mittags- und Rund-um-die-Uhr-Aufpasser. Manchmal wird er gefragt, wo sich ein bestimmtes Kunstwerk befinde oder ob ein Gemälde nicht anders herum aufgehängt werden

müsste. Dann wird das Universum, dessen Insasse er ist, mit dem eines Besuchers, eines Kunden – man hat ihnen eingeschärft, die Museumsbesucher als Kunden zu betrachten, das Museum als Dienstleistungsbringer –, mit dem Universum eines Kunden also, der gekommen ist, um sich unterhalten und vor den Kopf stoßen zu lassen, konfrontiert. Eine solche Konfrontation entsteht aus Not, aus der Not und der Unwissenheit heraus, denn Arthur Werdenau weiß nicht über die Gemälde, Skulpturen und Plastiken Bescheid, aber dafür über die Notausgänge, die Fluchtwege und den abenteuerlichen Mechanismus, der sich im Fall eines Brandes auslösen müsste. Aus einer solchen Konfrontation der Ebene, auf der er sich befindet, mit jener eines Betrachters, resultiert zumeist eine Demütigung. Zunächst eine Demütigung für ihn, weil er sich nicht auskennt, dann für den Betrachterkunden, dem er eine barsche Antwort gibt, als ob das eingesperrte Tier selbst den Besucher des Zoos daran erinnert, dass es nicht gefüttert werden darf. Der auf ein solches Aneinandergeraten folgende Versuch seitens des Besuchers, das Tier zu betrachten und seitens des Tieres, sich betrachten zu lassen, wird mit einer gewissen Peinlichkeit behaftet sein.
Aus ganz ähnlichen Gründen macht sich auch Arthur Werdenau davon, sobald er die Frage eines x-beliebigen Besuchers nicht beantwortet, sondern ihm stattdessen eine abweisende Antwort gegeben hat. Ihm selbst käme der Vergleich mit dem ausgestellten Tier und dem Zoobesucher

übrigens nicht in den Sinn. Er würde an einen Feuerwehrmann denken, der einen gewaltigen Wasserstrahl auf eine Feuersbrunst hält oder verkohlte Leichenteile aus einem in sich zusammengestürzten Wolkenkratzer zerrt und in diese aufopfernde Tätigkeit hinein von einem vorbeikommenden Touristen nach irgendeiner Sehenswürdigkeit gefragt wird. In seiner Vorstellung, in der diese Sequenz jedes Mal mit Zeitlupengeschwindigkeit abläuft, muss er einer dermaßen deplatzierten und vor diesem Hintergrund geradezu blödsinnigen Frage noch nicht einmal antworten, sondern von überallher strömen andere Feuerwehrleute, Feuerwehrsekretärinnen und Krankenschwestern, die Verblutenden einfach sich selbst überlassend, um unerhörte Touristen wie diese, die nichts als Urlaub und Langeweile und Bildung im Kopf haben, zum Teufel zu jagen. Um Kerle wie ihn abzuschirmen. Noch nie hat ihn jemand nach einer Notbeleuchtung, einer Erste-Hilfe-Ausrüstung oder einem Feuerlöscher gefragt. Bestenfalls, wo man Kaffee trinken und wo man rauchen könne. Denen weist Arthur mit einer simplen Handbewegung den kürzesten Weg zum Stiegenabgang, der ebenerdig in eine Cafeteria mündet. An diesem Fingerzeig ist außer seiner Sprachlosigkeit kaum etwas auszusetzen, und doch würde einer, der mit Arthur Werdenaus Gehabe auch nur ein bisschen vertraut wäre, augenblicklich erkennen, dass es sich dabei um die Geste eines Monarchen handelt, eines Herrn, der seinen Untergebenen anweist, ihm aus den Augen zu treten. Sich wegzumachen,

weil ansonsten die stumme Güte schnell überstrapaziert sein könnte, denn schließlich sei er der Mann für die Katastrophen, für Panik und Überlebensprogramme. Er schickt diese Menschen aus seiner Großmut heraus weg.
Allerdings bekommt niemand etwas von diesen Feinheiten mit, da die Besucher Arthurs Erscheinung bereits aus ihrem Erinnerungskontainer gelöscht haben, ehe er tatsächlich ihrem Blickfeld entschwunden ist. Und außerdem, weil gar niemand mit Arthur vertraut ist. Weder die anderen Aufseher, noch die restlichen Bewohner seiner Ebene. Die Garderobieren, das Aufwaschpersonal, dessen größtenteils ausländische Mitglieder fortwährend über die freizügigen Motive auf manchen Gemälden kichern, weder die Nachtwächter, die Arthur noch nie zu Gesicht bekommen haben, noch der hauseigene Elektriker. Der Elektriker muss aus dieser Aufzählung wieder herausgenommen werden, denn der ist so etwas wie eine Fachkraft und daher durch einen unsichtbaren Niveau-Unterschied meilenweit von Arthur Werdenau getrennt. Aber dafür vielleicht noch die Ticketverkäufer und Ticketverkäuferinnen und der Chauffeur. Ihnen allen ist Arthur Werdenau eigentlich kaum bekannt. Keinesfalls in einem Maße, das ihnen gestatten würde, seine Gesten richtig zu deuten. Nicht einmal die Feuerwehrassistentinnen und Krankenschwestern in ihren knappen Kitteln und seiner Vorstellung kennen ihn oder wüssten mit seiner Zeichensprache etwas anzufangen.

Man kennt ihn dem Namen nach, aber Arthur Werdenau ist leicht gesagt, leicht aufgeschrieben. Wie viel komplizierter und aufwendiger ist es da schon, sich an etwas heranzutasten, das sich hinter einem solchen Namen, hinter einer Erscheinung, die gerade gut genug für den ersten Anblick ist, verbirgt. Kaum jemand der in dem Museum angestellten Menschen würde Arthur Werdenau außerhalb des Museums, in einer anderen als seiner Aufseherkluft, zu der ein Namensschild aus Kunststoff gehört, erkennen. Schlimmer noch: Niemanden würde es stören, dass er Arthur Werdenau, der auf der entgegengesetzten Rolltreppe lautlos vorbeifährt, der in den Lift einsteigt, aus dem man gerade ausgestiegen ist, weder erkennt, noch auf seinen Namen kommt, da dieser in seiner Freizeit ja nicht jenes Plastikschild trägt, auf dem *Arthur Werdenau* und *Aufsicht* zu lesen ist.

Zu Beginn seiner Museumslaufbahn, als all das neu für ihn war und allerhand Aufregung bot, die er sich erst auf nervösen Wegen über die endlosen Korridore des alten Museums – vorbei an Fenstern, vor denen sich alle vier Jahreszeiten demonstrativ ereigneten – ablaufen musste, damals hatte er an ausgelassenen Tagen das Schild außen an seinen Mantel gesteckt, als hätte er aus Zerstreuung vergessen, es nach Dienstschluss herunterzunehmen. Er tat das, um zu zeigen, dass zu seinem Aussehen auch ein Name gehöre, um sich dem Wirt in seiner Straße, dem Bäcker, der Wurstverkäuferin, dem Zeitungskolporteur unaufdringlich vorzustellen. Zu seinem Aussehen gehöre ein

Name, und zu diesem Namen ein Beruf und sonst noch alles, das könne sich jeder dann der eigenen Vorstellung entsprechend ergänzen. Aussehen, Name, Beruf, Aufsicht. Wichtig. Deswegen stand es ja außen an ihm dran. Weil eine entscheidende Instanz es für unabdingbar hielt, Menschen wie ihn den anderen zu zeigen. Da ist jemand, an den man sich wenden kann. Mit einer bestimmten Art von Problem allerdings nur. Und umgekehrt. Sie sind nicht allein, die Kunstgegenstände können sich nicht wehren, aber wir beobachten Sie, wir beobachten Sie die ganze Zeit über, während Sie betrachten. Nehmen Sie sich nichts heraus. Wieder zwei Welten, wieder kaum Berührungspunkte. Zum Schutz der Kulturgüter, zum Schutz der Betrachter der Kulturgüter. Die Kulturgüter vor den Betrachtern schützen, die Betrachter allerdings nicht vor den Kulturgütern, sondern vor sich selbst. Vor der eigenen grenzenlosen, gegen alles, gegen alle Einrichtungen gerichteten Phantasie. Niemand ist dieser Gier, dieser Neugier, diesem hemmungslosen Wissensdurst gewachsen. Der Betrachter kann seine Beherrschung verlieren. Die Kunstwerke können ihn dazu bringen. Seine Unfähigkeit, die eigene Kleinheit zu verarbeiten, die ihm diese Werke ungehindert ins Gesicht brüllen. Sie erregen ihn, wiegeln ihn auf, flüstern ihm zu, sich nichts mehr gefallen zu lassen. Keinen Augenblick länger. Sie sind Beispiel für Abgrund und Verlust. Der Betrachter kann allerdings auch am eigenen Unverständnis zerbrechen und diesen Zusammenbruch, im Amok, kollabierend, delirierend, zerstörerisch an seiner Umgebung auslassen. Für einen solchen Fall wünscht sich Arthur Werdenau einen schlagkräftigen Gummiknüppel, mit dem er drohen, den er aber auch einsetzen würde, um die sakrale, in ihrer Verkrampfung stille Atmosphäre des Museums aufrechtzuerhalten. Diese Verkrampfung, das hat Arthur begriffen, funktioniert als Motor, als Energiequelle des musealen Betriebs, hilft den Doktoren und Doktorinnen beim Sprechen über die Kunstwerke, hilft den Sekretärinnen beim Versuch, eine telefonische Verbindung herzustellen, den Buchhaltern beim Verwalten der Subventionen, und sie hilft ihm auf seinen unendlich gleichen Wegen durch die Ausstellungssäle. Seinen routinierten Wachgängen, die sich dennoch nicht ähneln, weil sie in Erwartung jenes einen großen Ereignisses abgespult werden, das jeden einzelnen von ihnen im Nachhinein sinnvoll erscheinen lassen mag.

Jedenfalls kam Arthur Werdenau davon ab, das Schild, auf dem sein Name und sein Beruf stehen, auch außerhalb des Museums an sich herumzutragen, weil er eines Tages im Supermarkt von einer wildfremden Person darauf aufmerksam gemacht wurde, dass ein junges Pärchen große Bonbonnieren in einem wahrscheinlich eigens zu diesem Zweck mitgebrachten Kinderwagen versteckt hätte. Die alte Dame, der das aufgefallen war, hatte Arthur für einen Supermarktaufseher gehalten und es als ihre Pflicht angesehen, diesen hinterhältigen Diebstahl anzuzeigen. Arthur erfasste

die Situation, da die betagte Kundin als Reaktion auf seine fragende Miene konspirativ auf das Schild, das an seinem Mantel befestigt war, deutete. *Schnappen, zuschnappen, fassen* flüsterte sie in einer Lautstärke, die tonlos dröhnte. *Erwischen*, und Arthur Werdenau konnte es überhaupt nicht fassen, denn je mehr oder zumindest je länger man Aufseher von Berufs wegen ist, desto unaufmerksamer ist man die restliche Zeit über. Die Unaufmerksamkeit, das Nichtzuständigsein wird zu einer Art Hollywoodschaukel, in die man sich fallen lässt und in eine Ausgewogenheit zurückpendelt, sobald die beschäftigungslose Wachsamkeit wieder einmal über den Kopf zu wachsen droht.
Aber die Alte, die zu diesem Zeitpunkt bereits alles Damenhafte verloren hatte, wusste jetzt seinen Namen. Er hätte also bestenfalls auf seine Unzuständigkeit plädieren können, das Nichtvorhandensein von jeglicher Autorität oder Zugriffsberechtigung. Aber hätte sie ihm geglaubt? Hätte sie nicht vielmehr im Kopf behalten: Arthur Werdenau – König der Unzuständigkeit, Riesenangsthase, Hosenscheißer, der nur solange Aufsicht genießt, solange es nichts zu sehen gibt, der in dem Augenblick blind wird, da seine Sehereigenschaften gefragt wären. Und diese Aussicht bereitete Arthur tatsächlich Angst. Er befürchtete für einen Drückeberger gehalten zu werden. Er, der es nicht erwarten konnte, dass endlich etwas los sein würde. Im Museum.
Auf seinen Runden durch die Ausstellungsräume, die er zumeist in einer tranceartigen, in sich

gekehrten Stimmung absolviert, malt er sich aus, wie er, raubkatzenartig in seinem dahintrottenden, groß gewachsenen Körper lauernd, damit rechnet, hinter der nächsten Ecke einem Kunstraub oder ganz einfach einem gemeinen Akt der Zerstörung zu begegnen. Da das allerdings nicht der Fall ist, fiebert er der nächsten Ecke entgegen, denn dann kann er sich in seinen seherischen Fähigkeiten lediglich in der Ecke oder in der Uhrzeit geirrt haben. Etwas bahnt sich zweifellos an, ist am Kochen und bedürfe seiner höchsten Aufmerksamkeit.

Die Bestimmtheit, mit der die Alte ihn anwies, etwas gegen den Supermarktdiebstahl, der vor aller Augen durchgeführt werde, zu unternehmen, ließ ihm keine andere Wahl, als einzuschreiten. Arthur sah sich nach einem Supermarktmitarbeiter um und wandte sich an die Kassiererin, nachdem er sonst niemanden finden konnte. Niemanden, außer Herrn Fröhlich – den Namen hatte Arthur von einem bunten Plastikschild abgelesen, wo er neben der Bezeichnung *Auskünfte* geschrieben stand –, der aber gerade Gemüse sortierte und Arthur mit einem hektischen *Momentchen*, das weit weniger freundlich daherkam, als es den Anschein haben sollte, um Geduld bat. Um zur Kassiererin zu gelangen, musste Arthur Werdenau sich an einer wartenden Schlange vorbeidrängen, deren einzelne Glieder – Hausfrauen! – ihn bissig ansahen, obwohl er entschuldigend gestikulierte, dass er ja gar nichts bei sich habe. Dennoch bedachte man ihn mit Schmähblicken, weil alles und jeder mit Schmähblicken bedacht wurde, der oder das nicht ein augenblickliches Drankommen jeder einzelnen wartenden Hausfrau bedeutete. Als Kassiererin saß eine übergewichtige, in sich zusammengesunkene Frau am Ende des Förderbandes. Das Vorbeiziehen verschiedener Supermarktartikel an einem gläsernen Fensterchen, hinter dem ein magisches Auge den Verkaufswert ablas und alles zusammenrechnete, sowie der jedes Mal ertönende Pieps, der darüber informierte, dass alles richtig gemacht worden war, schienen bei ihr eine deutlich sichtbare Verhaltensstörung verursacht zu haben. Ein Augenlid hing über dreiviertel der Pupille und zuckte in unregelmäßigen Abständen mit einem Seitwärtsdrall, woraufhin der direkt unterhalb dieses Auges befindliche Mundwinkel von einer magischen Kraft energisch nach hinten gezogen wurde. Möglicherweise machte er sich auch selbst auf den Weg nach hinten.

Obwohl ausreichend Zeit dazu blieb, denn die Kassiererin beachtete ihn gar nicht, sondern fuhr fort, Waren über die elektronische Anlage zu ziehen, blickte Arthur Werdenau nicht auf ihr Namensschild. Er wollte nicht wissen, wie diese Person, mit der es das Schicksal dermaßen schlecht gemeint hatte, hieß. Zweifellos wäre sogar in ihrem Namen eine heimtückische Gemeinheit untergebracht. Ein hölzerner Vorname, ein unaussprechlicher Nachname, der von Verfolgung, erbetteltem Asyl und einer Behandlung von oben herab erzählen würde. Ein Name, der sicherlich

nach Vertreibung, Aufenthaltsgenehmigung, Vertilgung und Diskriminierung klang. Arthur trat lediglich einen Schritt näher und entschuldigte sich. Er entschuldigte sich, weil er sie unterbrechen musste und nachvollziehen konnte, wie ungern ein Angestellter ohne spezifische Ausbildung aus jenem tranceartigen Zustand gescheucht wird, den man tagtäglich mühsam um sich herum aufbauen muss, um den Anforderungen, die an einen gestellt werden, gerecht zu werden. Die Kassiererin ließ sich aber gar nicht erst beeindrucken, und die Geschichte endete, wie vieles in Arthur Werdenaus Leben, mit einer Verlagerung des Geschehens samt der Aufmerksamkeit. In diesem Fall mit einem lauten Kreischen der Alten, die den jungen Mann aus dem Pärchen gepackt hatte und losbrüllte, als hätte sie unerwartet auf eine elektrische Leitung gegriffen, von der sie jetzt nicht mehr loskomme. Arthur selbst hatte sich einmal mehr als unfähig erwiesen. Als Nullnummer in seiner tatsächlichen, wie auch in einer dazu erfundenen Realität. Zu dieser Erfindung hatte er allerdings nicht nur angestiftet, er hatte sie sich außerdem gefallen lassen.
Arthur ging vom Supermarkt nach Hause, ohne die Waren mitzunehmen, die er bereits im Metallwägelchen gesammelt hatte. Im allgemeinen Trubel war das alles untergegangen. Arthur fühlte sich wie ein Komplize, jemand, der sich zum Schein als Sicherheitsbeamter ausgegeben hatte, dessen Aufgabe es war, für Verwirrung und Verzögerung zu sorgen. Betrogen hatte er ja tatsächlich, und

deswegen riss er sich das Namensschild von der Brust, wie ein hochrangiger Militär einen Untergebenen degradiert, indem er ihm die angenähten Streifen von der Uniformjacke reißt, nachdem dieser mit irgendeiner niedrigen Eigenschaft ans Tageslicht gekommen ist. Arthur beschloss anlässlich dieses Ereignisses, das Schild, auf dem sein Name in Verbindung mit seiner Tätigkeit stand, nie mehr außerhalb des Museums anzustecken, und darüber hinaus niemandem zu erzählen, dass er als Aufseher in einem Museum mit zeitgenössischer Kunst arbeite. Zumindest, sofern sich das irgendwie vermeiden ließe.

Mit dieser Vorsichtsmaßnahme will Arthur Werdenau sich jenen Hass ersparen, den er von seinen Kollegen abgeschaut hat, und den er allmählich selbst empfindet, wenn er sich mit jemandem konfrontiert sieht, der freiwillig, ohne dazu gezwungen zu sein, sogar gegen die Bezahlung von Geld ins Museum kommt, um dann nichts Besseres zu tun zu haben, als ihn nach seiner Expertenmeinung zu fragen. Ganz egal. Unwichtig. Er würde nicht mehr darüber sprechen, was nicht heißen soll, dass er sich von diesem Tage an zu schämen begann. Im Gegenteil. Er schämt sich schon seit längerem, allerdings nicht für das Museum, sondern bestenfalls wegen dem niedrigen Stellenwert seines Aufgabenbereiches, der hinter vorgehaltener Hand missachtet und fallweise sogar verlacht wird, wofür man sich nicht einmal um ein zurückhaltendes Hinter-dem-Rücken bemüht. Käme es doch endlich zur großen, zur riesigen Katastrophe,

dann würde er jedenfalls nicht das Geringste unternehmen, und all die Großmäuler könnten dann unisono bereuen, über wen sie im Zeitalter der trockenen Socken jahrelang gelacht haben.
Arthur träumt von einer ultimativen Überschwemmung und im neuen Haus rechnet er sich gute Chancen dafür aus. Ein Bauarbeiter, dem er an der Würstchenbude begegnet ist, hat ihm beim Bier erzählt, dass am Museum schleißig gearbeitet worden ist. Er muss es wissen, denn er hat seine Finger schließlich mit drin gehabt. Arthur hat ihm aus Verschleierungsgründen erzählt, er sei in der Cafeteria, die sich im Erdgeschoß des Museums befindet, beschäftigt, und der andere hat gemeint, er solle sich nicht wundern, wenn er bald nasse Füße bekäme. Am besten, er würde sich in der Nähe des Eingangsbereiches aufhalten, denn irgendwann müsste dort eigentlich alles aus den Nähten platzen. Irgendwann. Irgendwann am jüngsten Tag. Am Tag der Gerechtigkeit, dem höchsten Feiertag aller, die auf Rache aus sind. Und Arthurs Vorstellung sieht in etwa folgendermaßen aus:
Er schlendert durch die dicht behangenen Museumsgänge wie ein hartgesottener Großstadtpoli-zist durch das Viertel, in dem er seit Ewigkeiten Dienst tut – und in dem er zuvor als Angehöriger einer unteren Klasse quasi auf der Straße aufgewachsen ist –, als plötzlich der Boden an unzähligen Stellen aufbricht und Wasserfontänen hervorschießen, als hätte irgendein Flüssigkeits-Teufel endgültig die Nase voll und beschlossen, diesen quälenden Niedergang kurzerhand zu beschleunigen.

Zuerst erschrickt Arthur, ist entsetzt und instinktiv darum bemüht, so viele Bilder wie möglich von den Wänden zu reißen, um sie in Sicherheit zu bringen. Erst mit der Zeit und sobald er sich davon überzeugt hat, dass jeder Museumsmitarbeiter ausschließlich damit beschäftigt ist, die eigene Haut zu retten, verwandelt sich seine angespannte Miene in eine belustigte und ausgelassene. Während alle Hals über Kopf davonlaufen, Doktores und Assistenten, Buchhalter und Cafeterianer, bricht er, Arthur, die soeben noch von den Wänden geretteten Leinwände übers abgewinkelte Knie, wie man einem unvorsichtigen Zauberer den Zauberstab zerbricht und damit die ganze magische Sphärenhaftigkeit mit einem Mal ausknipst. Die einzelnen Fetzen und Splitter schleudert er fröhlich gegen die Wand, als hätten die Fluten sie ihm entrissen. Inzwischen steht das Wasser knöchelhoch, kommt von überall her, aus allen Ritzen und Lücken und undichten Einbauten, und Arthur beginnt zu tanzen. Als wäre er trunken, streckt er einen Arm von sich, lässt die Hand baumeln und vollführt eigenartige Drehungen um die eigene Achse. Gerade hinein in die Einzigartigkeit eines solchen Moments, eines triumphalen Desasters, nach dem nichts so sein wird, wie es vorher gewesen ist. Mit dem Ellenbogen lassen sich die automatischen Brandmelder auslösen, die zusätzliche brauseartige Fontänen von Löschwasser oder vielleicht sogar Schaum versprühen. Während um ihn herum alles in Wassermassen versinkt, ertrinkt, und der Museumskontainer bereits einem mäßig gefüllten Aperitifglas gleicht, in dem zu einem Drittel Flüssigkeit steht. Und Arthur kommt nicht zur Besinnung, denn an dieser Situation ist nichts Besinnliches, lediglich ein winziges Detail, welches ihn daran erinnert, dass soeben auch seiner eigenen Existenz der Hahn abgedreht werde. Denn was sollte er beaufsichtigen, sobald sich erst einmal alles unter Wasser befände? Dieser Gedanke ernüchtert Arthur jedes Mal mitten in seiner Ausgelassenheit und zwingt ihn, vorstellungshalber, noch tiefer in die besinnungslose Trunkenheit, die einzig imstande scheint, Gedanken wie diesen beizukommen, einzutauchen.

Tänzelnd und immer noch einen Arm vom Körper weggestreckt, bewegt sich Arthur dann in den Raum, wo die große Installation aufgestellt ist. Grinsend, mit halb geschlossenen Augen, wie in der Trance einer vielköpfigen Karnevalsgesellschaft, die sich im taumelnden Tross bewegt und deren Mitglieder sich hinter der Anonymität ihrer Maskerade ungeniert gehen lassen.

Und dann sieht Arthur zu, wie die Installation, die er so sehr verabscheut, weil sie sich ihm nicht zu erkennen gibt, weil er nicht einsehen will, was sie von einer simplen Zimmereinrichtung unterscheidet, wie die allmählich in ihre Einzelbestandteile zerfällt. Auseinanderfällt, und die einzelnen Elemente abgetrieben werden. Wie alles wegschwimmt, aus jenem starren Verband gelöst, der nach Arthurs fester Überzeugung durchaus auch ganz anders, auch einfach irgendwie sein könnte. Der eigentlich irgendwie ist und lediglich besonders genannt wird, wie man einen Schlussstrich zieht, wenn zu viele Möglichkeiten zur Verfügung stehen, und sich daran ergötzt und aufrichtet, diesen fortan als den einzig richtigen anzusehen. Eine Zusammenstellung also, an der nichts Bestimmtes, nichts Spezifisches, nichts Außergewöhnliches ist, auch wenn das der Begleittext, den es nicht nur in der landesüblichen Sprache, sondern auch in einer Übersetzung gibt, glauben machen will. Die Installation, für die das Museum in Museumskreisen berühmt ist, und die deswegen von Arthur noch mehr gehasst wird, wie sie auch von allen anderen Bewohnern seiner Ebene verabscheut wird. Unter diesen findet so etwas wie ein Wettbewerb statt, ein Rekordversuch im Verabscheuen und Verunglimpfen. Die Installation, an deren Verabscheuungswürdigkeit Arthur sich kaum satt sehen kann, an der er auf all seinen Runden vorbeigeht, weil er sie aus tiefstem Herzen hasst und doch oder gerade deswegen so versessen darauf ist, sie zu passieren und anzuschauen. Er giert geradezu danach, sie zu betrachten, denn da gibt es immer wieder einen Grund mehr, ihre Besonderheit zu bezweifeln, etwas Neues zu sehen, wenn dieses Sehen auch in demselben Einsehen, in einem Einsehen des Scheiterns seines Verständnisses endet. Und dennoch hat er die Installation öfter gesehen als irgend jemand anderer. Öfter und länger. Er hat sie studiert, nach ihrem schwachen Punkt Ausschau gehalten, um sie mit einem gezielten, einem gut angebrachten Blick vernichten zu können. Wegzublicken, fortzuschauen. Irgendwann, so scheint ihm, eines Tages werde man kommen und die einzelnen Teile abholen. In voluminöse Müllsäcke werde man sie dann stecken, zuschnüren und lachend wie nach einem gelungenen Scherz wegbringen. Einen Jux habe man sich geleistet, ein immenses Für-dumm-Verkaufen, für das man nun grinsend applaudiert bekäme. Und Arthur müsste dann denjenigen mimen, der die ganze Zeit über mitgespielt habe, den, der sich zwar gewundert, aber lieber den Mund gehalten habe. Vielleicht würde man den Direktor verhaften. In Handschellen abführen, vorbei an der Installation, während diese von Ordnungskräften mit groben Stiefeln zertreten würde. Das täte Arthur dann allerdings Leid. Nicht um den Direktor, der könnte ruhig dafür bezahlen, dass er auf Kosten der allgemeinen Unwissenheit, der Unverformtheit, Unverbildetheit des einfachen Menschen seine Spielchen getrieben habe. Den sollten sie teeren und federn, wie man das unter Männern macht. In Teer und in Federn tauchen und dann mit Schimpf und Schande aus der Stadt jagen. Angespuckt und ausgelacht von jenen Honoratioren, denen er auf eleganten Empfängen so gerne die Hand geschüttelt hatte. Über den enormen Arbeitsdruck, die immense Überlastung klagend, während sich im Glas die Eiswürfel allmählich auflösten. Auch ihre Stunde würde einmal schlagen, auch sie, die anderen, wären eines Tages an der Reihe, sobald die unter ihnen befindliche,

ebenerdige Ebene, alle die mit den Füßen am Boden, endlich aufwachen und feststellen würden, dass sie die ganze Zeit über an der Nase herumgeführt worden sind. Und dass das nicht so bleiben müsse.
Leid täte es Arthur um die einzelnen Bestandteile der Installation, gegen die er ja nichts hat. Lediglich die Zusammensetzung, die *Komposition*, wie sie es nennen, und der ganze Wirbel, der darum gemacht wird. Der ist ihm ein Dorn im Auge, und nicht die einzelnen Gegenstände, die lediglich ihrer ursprünglichen Funktion zurückgeführt werden müssten. Der Sessel, um darauf zu sitzen und sich auszuruhen, die Dachrinne, um Regenwasser darin aufzufangen, die Glühbirne, um etwas zu beleuchten. Der Tisch, um auf dem Sessel an ihm zu sitzen und einer sinnvollen Beschäftigung nachzugehen. All diese Dinge könnten schließlich gerettet werden, sind ja nur vorübergehend ihrer Bestimmung enthoben, von einem verwirrten Geist aus ihrem angestammten Kontext gerissen, bilden sie sich ein, durch die Berührung des Künstlers etwas ganz Besonderes geworden zu sein. Die Glühbirne war zweifellos unbezahlbar, und ginge sie verloren, würde man von der Unwiederbringlichkeit eines der wichtigsten kulturellen Güter unserer Zeit sprechen. Dabei hat Arthur sie beobachtet, hat sie stundenlang angestarrt, über Tage, Wochen, Monate hinweg, länger, ausdauernder als irgendein Gelehrter, und deswegen weiß er, dass da gar nichts Besonderes an der Glühbirne, an der Dachrinne

oder an dem Tisch ist. Das sind alltägliche Gegenstände, die bestenfalls durch ihre Alltäglichkeit hervorstechen. Der Tisch ist nicht wertvoller als irgendein anderer verzierungsloser Tisch aus billigem Material. Die Glühbirne könnte keinesfalls weiterleuchten, sobald die Stromzufuhr abgebrochen wäre. Und ganz zweifellos würde sie ausfallen, sobald riesige Wassermassen kurzen Prozess mit der Stromversorgung machen, sobald diese enormen Mengen die Dachrinnen hinwegspülen würden, anstatt sich von diesen auffangen und ableiten zu lassen.

Die Berührungspunkte mit einer höheren Ebene sind noch seltener und für Arthur durchwegs erniedrigend. Kaum einmal kommt jemand aus der oberen Etage, aus dem unsichtbaren Universum der Beziehungen heraus, und wenn, dann schon gar nicht auf ihn zu. Bestenfalls gibt es etwas, das seinesgleichen mitgeteilt werden soll. Irgendeinem von ihnen. Ganz egal wem, und da er in diesem Moment vorhanden ist, eben ihm. Bei Gelegenheiten wie diesen fühlt sich Arthur in die unübersichtliche Mehrzahl gedrängt, in der unterzutauchen ihm allerdings, obwohl er sich kaum etwas so sehr wünscht, verwehrt bleibt. Für den Vertreter einer oberen Ebene ist er gleichbedeutend mit der untersten Etage, irgendwer von dort, und dort ist es so, wie er dieses Dort symbolisiert. Erniedrigt, Zuhörer, Menschen, mit denen man nicht spricht, sondern zu denen man etwas sagt, auf das man als Antwort bestenfalls

einen positiven oder negativen Bescheid erwartet. Ein Zeichen, ob alles angekommen sei, oder ob langsamer, in einfacheren Sätzen gesprochen werden soll. Von einem Primitiven erhofft man sich keine geschwungene Unterschrift, keinen routinierten Namenszug, der ablesen lässt, dass er oft, unendlich oft niedergeschrieben werden muss. Von dem erwartet man sich ein Zeichen, eine Kenntnisnahme, damit er hernach zur Verantwortung gezogen werden kann. Wenn sich die Entscheidungen, von denen man seinesgleichen geflissentlich ausgeschlossen hat, als irrtümlich herausstellen und deswegen dringend ein Sündenbock benötigt wird.
Von dieser namenlosen, lediglich durch ihre Beschäftigung definierten Menge, diesem Betätigungspluralismus, aus dem gelöst ihn ein Insasse der oberen Etage niemals sehen würde, genauso wenig, wie der etwas von sich preisgegeben würde, was über den akademischen Grad hinausging, von dieser vermeintlichen Gemeinschaft fühlt sich Arthur ebenfalls ausgestoßen.
Seine Ebene, das ist die Ebene der verschiedenen Bilder, der einzelnen Absurditäten, der Leinwände und Ideen, die nichts dafür können und ein Recht besitzen, frei im Universum umherzuschwirren. Die höheren Ebenen sind im Gegensatz dazu das, was über diese Bilder gesagt wird, was um sie herum erfunden und behauptet wird, um sie zu Besonderheiten zu machen, deren Besitz auszeichnet. Und unter diesen anspruchslos an den Wänden hängenden Leinwänden,

die Arthur für unaufdringlich hält, weil man an ihnen vorbeiblicken kann, weil sie nicht unbedingt etwas von einem wollen und, wie er beobachtet hat, zumeist problemlos aufzuhängen sind, unter diesen Objekten fühlt er sich wie jene maßlose, aufdringliche, alles von allen beanspruchende Installation, die dafür gehasst wird, dass sie sich nicht zufrieden gibt. Sie stellt Fragen, beantwortet aber andere, lässt Zweifel aufkommen und versichert höchstens vom Gegenteil dessen, was man in ihr zu sehen glaubt. Genau so wie er, der zweifelnd durch die Ausstellungsräume geht, unsicher, ob er überhaupt der Richtige sei, umdiese Kunstwerke zu beschützen. Ob er nicht besser die Betrachter, vor der in ihnen sich anbahnenden Dummheit, die sich mit der Entscheidung, hier hereinzukommen und dafür teuer erspartes Geld auszugeben, bereits abgezeichnet hat, bewahren soll. Am liebsten beantwortet sich Arthur diese Frage mit dem Hinweis darauf, dass er im Grunde die hier herrschenden, vom Direktor gemeinsam mit den Restaurierungsbeamten und -beamtinnen aufgestellten Regeln beaufsichtige; ihre Einhaltung gewährleiste, ob die nun zum Schutz der so genannten Kunstwerke oder der diese unter Einhalten eines Sicherheitsabstandes betrachtenden Museumsbesucher aufgestellt worden sind. Wie auch immer. Jedenfalls spürt er unterschwellig, obgleich er sich nach Leibeskräften dagegen sträubt, dass seine Position immer mehr jener der Installation im Vergleich zu den anderen, den bekömmlicheren, weil

leichter zu ignorierenden Kunstwerken ähnelt. Er, der zweifelnd durch die Korridore geht und, sofern er sich ab und zu hinsetzt, um auszuruhen, weder ein Kreuzworträtsel, noch einen Thriller im Heftchenformat aus der Tasche zieht, sondern damit beschäftigt ist, mit sich ins Reine zu kommen, sich stetig zu fragen, was er hier überhaupt mache und was ihn vor al-lem von seinen Kollegen unterscheide und wes-wegen die ihn so vehement ablehnen. So lange abgelehnt haben, bis er nach außen hin vorgab, das Interesse dazuzugehören verloren zu haben. Einer der Gründe, dass da fundamentale Schwierigkeiten bestehen, liegt für ihn in eben dieser Frage nach einer gewissen Sinnhaftigkeit des eigenen Hierseins. Die anderen kommen hierher, um jene Zeit abzusitzen, die abzusitzen ist, um die restliche, freie, die Zeit draußen so zu verbringen, wie sie das für notwendig halten. Selbstverständlich mit einem großen Anteil an Unzufriedenheit, die aber gewissermaßen von der Tatsache, dass man keine spezifische Leistung von ihnen erwartet, abgeschwächt wird. Sie grämen sich vor allem über sich selbst, weil sie sich dazu hinreißen ließen, sich mit einer dermaßen niedrigen Ebene zufriedenzugeben, auf der einem gerade soviel zuerkannt wird, um die restliche Zeit über genauso wenig machen zu können. Und auf die darüber hinaus von einer höheren Ebene heruntergespuckt wird.
Der Großteil von Arthur Werdenaus Kollegen kommt hierher, um sich eine bescheidene Ausgangsposition für das restliche, das *wirkliche* Leben

abzuholen, welches sich klarerweise außerhalb der Museumsmauern ereignet. Für das Nachher, das Sonst und eigentlich. Also vertreiben sie sich die Zeit. Sofern sie nicht lesen, rätseln oder eine belanglose Unterhaltung führen, wünschen sie sich, die Zeit würde schneller vergehen. Sie wünschen sich, ihr Leben liefe rascher ab, ganz einfach, weil sie einen gehörigen Teil davon hassen. Den, den sie laut Dienstplan hier zu verbringen haben. Auf und ab gehend, immer wieder im Kreis, wie in den Löwenkäfig gesperrt. Allerdings nicht als Löwe, als Attraktion, Blickfang, sondern eingesperrt als unwesentliches Insekt, als Winzigkeit, Nervtöter, unsichtbar und doch lästig. Und alle starren an einem vorbei auf die Wände, als wäre man gar nicht vorhanden.
Vorgeschriebene Kreise ziehend, allein mit der Besucherlosigkeit, den das Hirn zermarternden Gedanken ausgeliefert. Sich immer wieder von der eigenen Umgebung distanzierend, bis alles abgestumpft ist und egal. Bis anerkannt wird, dass man selbst eben zu blöd, Opfer seiner eigenen Blödheit ist. Vielleicht sehnen sie sich auch nach einem schnelleren Ablauf eines Teils ihres Lebens, weil sie mit sich selbst, mit jemandem, der sie in diese Situation gebracht hat, so wenig Zeit wie möglich verbringen wollen. Vor allem nicht alleine, vor allem nicht unter ihresgleichen.
Diese Beobachtungen, die Arthur angestellt hat, dieses Betragen, das seine Beobachtungen vorfindet, und von dem er annimmt, er habe es analysiert, aber ebenso die seltsamen Eigenheiten

im Verhaltens- und Bewegungsapparat seiner Kollegenschaft, alles, was daraus resultiert, lässt ihn davon überzeugt sein, er entspreche einer Minderheit, die dazu verurteilt sei, sich fortwährend zu wünschen, zum Großteil dazuzugehören. Den Mitgliedern dieser Minderheit bleibe das allerdings für immer verwehrt, worin dann wieder gewisse, für eine objektive Betrachtung deutlich sichtbare Vorteile lägen.
Um dieser Rolle zu entsprechen, hört Arthur nicht auf, dazugehören zu wollen. Auch nicht, darunter zu leiden, von seinesgleichen am Dazugehören gehindert zu werden. Er ist davon überzeugt, dass eine gewisse Besonderheit damit begründet werden kann. Und an diese Besonderheit hat er sich mit der Zeit gewöhnt. In ihm sind Versatzstücke verschiedener Ebenen vereinigt. Bei seinen Kollegen handelt es sich größtenteils um ein Sammelsurium einzelner Ansichten. Jede aus einem eigenen Zusammenhang, einem vermeintlich eigenen Universum, was soviel heißt wie, die Umgebung mit der Perspektive auf dieselbe zu verwechseln. Organismen, die der Meinung sind, ein Recht auf ein Umfeld nach ihrem Geschmack zu haben. Auf Regeln, die ihrem Geist entsprungen seien oder diesem zumindest entsprächen. Ganz ähnlich den Bildern, die im Museum zugunsten einer gemeinsamen Schau nebeneinander gehängt werden und doch im Grunde ihre eigene Geschichte erzählen wollen. Als verschlüsselte Botschaften ihrer Schöpfer, oder als Botschaften an ihre Schöpfer, bis zuletzt weit gehend ungeklärt,

übriggeblieben, scheinen sie alle zur selben Sachlage Stellung zu beziehen. Sie beantworten dieselbe Frage und laufen daher Gefahr, inhaltlich voneinander aufgehoben zu werden. Oder sie werden zusammen gesehen. Vom empfindsamen Betrachter unter Berücksichtigung ihrer individuellen Ausrichtung. Als Möglichkeit unter vielen. Vektoren, die zur Gesamtsicht gebündelt werden. Und mit all jenen im Museum sei dennoch nur ein winziger Teil, eine schmale Schneise eröffnet. Alle gemeinsam seien notwendig, und bei jedem Kunstwerk, das zusätzlich entstehe, vergrößere sich der Ausschnitt oder aber die Entfernung, das Spektrum, die Vielseitigkeit. Womit man wieder bei der Gemeinschaft angelangt wäre.
Die sintflutartige Überschwemmung, zu der es in Arthurs Vorstellung kommt, und die zu diesem Zeitpunkt bereits alle veranlasst hätte, das in sich versinkende Schiff fluchtartig zu verlassen, mündet in eine immense, alles hinwegwaschende Flutwelle, die ihn, den letzten Überlebenden herausschwemmen, sozusagen auf ihren Schultern bis vor die Füße der draußen in Sicherheit abwartenden Schaulustigen tragen würde. Als hätte er pflichtbewusst bis zuletzt ausgeharrt, und mit diesem Verhalten alle Angsthasen gedemütigt, die augenblicklich über Bord gegangen waren. Erst eine übermächtige Naturgewalt, eine zivilisatorische Übermenschlichkeit hätte ihn schlussendlich nach draußen gespült. Unter dem Arm ein Fragment der Dachrinne, die eine Hauptrolle in der spröden Installation spielt, sowie eventuell den Stuhl

oder die Glühbirne, die zu guter Letzt von ihrem teuflischen, ihrem niederträchtigen Kontext befreit worden wären. Langsam würde er aufstehen, seinen Körper nach gebrochenen Knochen abtasten und sich den Tränen der draußen versammelten Museumsmitarbeiter entgegenstellen, die diese keineswegs für die immer noch Vermissten, sondern für die untergegangenen Kunstschätze vergießen.

Morgens beginnt sein Dienst um acht Uhr. Vier Tage die Woche um acht und davon zweimal bis zwei Uhr nachmittags, zweimal bis vier und einmal, wegen der Abendöffnung, von drei Uhr bis nachts um zehn. Besucher gibt es da genauso wenige, und das ärgert Arthur Werdenau, obwohl er ja eigentlich hätte beruhigt sein müssen. Darüber, dass es doch nicht so viele Geistesgestörte gibt, die allen Ernstes gegen die Bezahlung von Eintritt hier hereinkommen. Hereinkommen, um wie er hier drinnen herumzuspazieren und sich dabei von ihm verächtlich auf die Finger schauen zu lassen.
So etwas wie Verständnis bringt er nur den Touristen entgegen. Diesen hat ein cleverer Reiseführer einen solchen Museumsbesuch vorgeschrieben. Ein Verwandter, von dem es heißt, er sei gebildet, und der schon hier gewesen wäre und gemeint habe, man müsse das unbedingt sehen. Die kämen dann hier herein und wären die ganze Zeit über bemüht, sich eine Vorstellung ihres Cousins oder ihrer Tante oder ihres Onkels zu

machen, für den das alles normal, ja sogar etwas *unbedingt Sehenswertes* sei.
Paare, die sich jahrelang kennen, stehen nebeneinander, den Blick auf Malerei gerichtet, und es befällt sie ein eigenartiges Gefühl und der Gedanke, ihr Partner habe sich von ihnen entfernt. Sie beschließen, das alles vor dem anderen geheimzuhalten.
Oder ist das Teil eines perfiden Spiels? Will man sie auf die Probe stellen? Selbstverständlich würden auch sie weitererzählen, dass man das hier unbedingt gesehen haben muss, wenn man einmal in diese Stadt kommt. Und auch ihm, dem Museumsaufseher, würden sie zwischen ihren Betrachtungen durch Blicke und Bewegungen, jenseits ihrer Geringschätzung zu verstehen geben, dass er sich glücklich schätzen könne, hier unter diesen sehenswerten Kulturgütern, in diesen ehrwürdigen Hallen spazieren zu dürfen. Während sie nämlich bei sich zu Hause in der Fabrik stünden oder in der Werkstatt, in der es schlecht rieche und die fortwährend von einem unerträglichen Unterhaltungsmusiksender beschallt werde.
Außerdem begegnet er Touristen, wie man Gästen begegnet, und die wiederum reißen sich zusammen und schauen sich die modernen Kunstwerke an, wie sich das gehört. Weil es von denen heißt, diese Stadt, deren Gast sie sind, sei so besonders stolz darauf. Ihre Geringschätzung, die sie zu verbergen versuchen, richtet sich nicht so sehr auf Arthur Werdenaus Berufsstand, auf die niedrige Ebene, deren Insasse er ist, sondern gilt bestenfalls

der Frage, warum er sein Leben damit verbringe, diese Gegenstände zu beschützen.
Zuweilen wird er von diesen unausgesprochenen Vorwürfen derart durcheinander gebracht, dass er sich eine Zeitlang hinsetzen muss. Das sind dann die wenigen Augenblicke, in denen sein Verhalten dem seiner Kollegen bis ins Detail gleicht, denn dann starrt er ebenso leeren Blicks vor sich hin, scheint nichts zu sehen, sondern vom Echo, der Reflexion des eigenen Schauens kaltgestellt worden zu sein.
Die Fremden wüssten außerdem nicht, wie es hierzulande in einem Museum zugehe. Arthur ist einmal in der Hauptstadt eines benachbarten Landes gewesen und hat sich das dortige Museum angesehen. Er hat sonst nichts zu tun gehabt, und es interessierte ihn, wie das dort mit den Ebenen, mit der Aufsicht und mit der Cafeteria wäre. Außerdem waren die Preise in dieser Stadt, verglichen mit zuhause, so niedrig, dass ein solcher Museumsbesuch überhaupt nicht ins Gewicht fiel.
Arthur hat dann dort vorwiegend ältere Leute auf Aufseher-Stühlen neben den Türen zu den einzelnen Räumen sitzen gesehen. Die strickten oder lasen oder beobachteten einfach die Museumsbesucher, sobald die den Raum betreten hatten, der unter ihrer Beobachtung stand. Als hätten alle Aufseher und Aufseherinnen ihre Eltern zum Dienst geschickt, weil sie etwas Besseres gefunden hatten, um ihre Zeit damit zu verbringen. Oder die Eltern, die nicht einmal Quasi-Aufseheruniformen trugen, sondern von zu Hause mitgebrachte

Alltagskleider, Pullover, Westen, als wären sie hier daheim und wollten es bequem haben, oder diese Eltern hätten das nicht mehr mitansehen können, wo ihre Kinder sich arbeitshalber herumtrieben. Was man ihnen abverlange, und deswegen hätten sie sich selbst bereit erklärt, anstatt ihrer Kinder zum Dienst zu erscheinen. Sich zu opfern. Die Schwierigkeit dieser Arbeit bestand ja vor allem in der Belastbarkeit, in der Bereitschaft, ordnungshalber einzugreifen, obwohl fortwährend und überall von den Wänden heruntergebrüllt wurde, dass es Ordnung und Spielregeln und Abmachungen gar nicht gäbe. Um sich da nicht beirren zu lassen, braucht es einen souveränen Geist, ein jenseits der irdischen Umtriebe angesiedeltes Einschätzungsvermögen. Und das konnten die Alten, die so vieles, so viel Schreckliches und Hartes in diesem Land durchgemacht hatten, eher gewährleisten als die Jüngeren, die von der kurze Zeit zurückliegenden Befreiung noch ganz verwirrt und verweichlicht waren. Die liefen jetzt auf wichtig und nach neuen Verhältnismäßigkeiten herum und hatten ihre Angehörigen hier hereingesetzt. Sie selbst glaubten, die hinzugewonnenen, die wieder entdeckten Werte beaufsichtigen zu müssen.

Besucher waren genauso wenige da. Außer eben Touristen. Touristen wie er beispielsweise, die gekommen waren, um sich das Museum von innen an-zusehen und hernach darüber enttäuscht zu sein, dass die Aufseher weder schmucke Uniformen, noch sonderlich Autorität besaßen.

Am ehesten zeigte sich ihre Autorität in dem Gefühl, mit dem man beim Betreten eines Raumes konfrontiert wurde, und das einen glauben ließ, man hätte einen der betagten Wächter gestört, weil man den ihm zugewiesenen Schauraum betreten und ihn dadurch veranlasst hatte, eine aufmerksame Miene zu machen, während sich alles in ihm in einer Art somnambulem Zustand befand.
Bei einem landesüblichen Hochprozentigen, den ihm ein greiser Aufseher anbot, nachdem Arthur Werdenau ihn dabei überrascht hatte, wie er sich im Schutze einer voluminösen Skulptur eingießen wollte, bei diesem ebenso scharfen wie grauenhaften Getränk hatte Arthur erfahren, wieso in erster Linie ältere Menschen mit der Aufsicht über die Ausstellungsstücke betraut waren. Im Zuge des kurze Zeit zurückliegenden Machtwechsels und des diesem vorausgegangenen Zusammenbruchs des ehemaligen Wirtschaftssystems sahen sich viele Rentner, nachdem sie ein Leben lang gearbeitet hatten, gezwungen, ihr kärgliches Auskommen aufzubessern. Die mit der so genannten Befreiung einhergehende Entwertung des Geldes, die durch die Aufhebung der Unterdrückung entstandene Inflation hatte dazu geführt, dass die ihnen zugesprochene Pension gerade eben reichte, um die Stromrechnung ihrer Einzimmerwohnungen zu bezahlen. Und da die Aufsicht in einem Museum als eine der leichtesten Aufgaben angesehen wurde, für die es keinerlei spezifischen Know-hows bedürfe, hatte die Behörde sie hier hereingesetzt.

Arthur, dem das aromatische Getränk gleich zu Kopf stieg, beschloss an dieser Stelle nichts davon zu sagen, dass er ebenfalls als Aufseher und in einem Museum für zeitgenössische Kunst beschäftigt sei, sondern hievte sich sozusagen auf eine höhere Ebene, indem er in einer vereinfachten Form seiner Muttersprache zu verstehen gab, er bekleide die Position eines Oberaufsehers. Einen verantwortungsvollen Posten, dessen Tätigkeitsfeld er mit der Ausbildung, Einteilung und Erniedrigung der Aufseher beschrieb.

In Wahrheit bekleidet Hackensellner das Amt des Oberaufsehers im Museum. Hackensellner und Mannsfeld. Wechselweise. Aber Hackensellner hasst Arthur Werdenau ganz besonders. Ausnehmend und aus tiefstem Herzen. Man könnte nun glauben, weil er, Arthur, es an Ehrfurcht fehlen lasse und Hackensellner sich darauf ein Recht einbilde. Oder weil er sich nicht wegen jeder Kleinigkeit zu einer Demutsgeste bereit erklärt. Tatsächlich sind das aber gar nicht die Gründe, denn um diese Zugeständnisse bemüht sich Arthur Werdenau nach Leibeskräften. Gegenüber Hackensellner empfindet er jenen Respekt, der mit der uneingeschränkten Macht des Vorgesetzten erklärt werden kann. Und diesen Respekt versucht er auch gar nicht erst zu verbergen. Gesten des Gedemütigtseins streut Arthur Werdenau ebenfalls reichlich ein, also kann es daran nicht liegen, sondern Hackensellner hasst ihn aus denselben Gründen, aus denen ihm seine Kollegen

argwöhnen. Weil er nicht wirklich dazugehört. Weil er anders ist, und weil jeder Mensch sich gegen den eigenen Willen, sozusagen am eigenen Bewusstsein vorbei, nach einer solchen Andersartigkeit verzehrt. Und Mannsfeld würde Arthur mit der gleichen Inbrunst hassen, würde er ihn überhaupt bemerken, würde er ihn nicht geflissentlich übersehen, weswegen es zwischen ihm und Mannsfeld auch kaum zu Reibereien kommt. Diese Reibereien gibt es mit Hackensellner, und sie fangen bereits morgens an.
Morgens um acht, viermal die Woche. Da trifft man sich an den metallenen Schließkästen, in die alle Aufseher ihre private Kleidung und ihre Habseligkeiten sperren. Dann nimmt jeder einen Besen, an dessen Stiel eine ungeheuer breite Leiste mit flauschigem Plüsch befestigt ist, und begibt sich damit in einen der Schauräume. Morgens sind die Aufseher bis zum Zeitpunkt der Museumsöffnung, also bis zehn Uhr, dem Putzdienst zugeteilt. Um sie bei Laune zu halten, wird ihnen erklärt, dass man das gemeine Putzpersonal nicht an die Kunstwerke lassen könne. Die seien imstande, die Patina von den Skulpturen zu scheuern und die zig Jahre alte Firnis von den Gemälden zu polieren. Innerlich kichern die, die ihnen das sagen. Die Aufseher kichern ebenfalls, weil sie selbst nämlich nichts lieber tun würden, als den Kunstwerken das wegzuputzen, was eine Minderheit vorgibt, daran dermaßen zu bewundern. So gesehen kichern alle. Die Aufseher aber kichern und putzen.

Jeder bricht also mit einem Besen bewaffnet auf. Die Freundesgruppen, die untereinander den vorangegangenen Abend besprechen, die Einzelgänger, in sich selbst vertieft, jene, die einander sympathisch sind, zusammen, und hinterher Arthur. Arthur setzt alles daran, dass ihm der Ausstellungsraum mit der großen Installation vorbehalten bleibt. Der darf niemand anderem anvertraut werden. Niemandem. Jeder Aufseher stellt für dieses Kunstwerk eine potentielle Gefahr dar. Nerven können bloßliegen oder verloren gehen. Es wäre möglich, dass tiefer Hass sich an diesem Machwerk entlädt, Hass, der ohne weiteres zu Zerstörung, zu einem heimtückischen Akt führen könnte. Bei ihm, bei Arthur besteht da keinerlei Gefahr. Er hat seine Gefühle fest im Griff. Auch in seinen Augen handelt es sich um einen höhnischen Affront der einen gegenüber den anderen, aber er übertritt die Spielregeln keinen Zentimeter weit. Arthur delektiert sich daran, alles in seiner Vorstellung umzufunktionieren. Die Wahrheit ans Tageslicht zu holen. Aufzudecken. Er drängt sich jedes Mal vor und beeilt sich, um die Ecke gebogen, im Laufschritt bis zu dem großen Saal zu kommen. Sobald er mit dem komplizierten und vielteiligen Kunstwerk alleine ist, lässt er seinen riesigen Besen um die einzelnen Installationsbestandteile tanzen. Manchmal nur millimeterweit entfernt und dennoch ohne die geringste Berührung. Nichts soll in seiner Position verändert werden, obwohl Arthur davon überzeugt ist, alles könnte auch ganz anders angeordnet werden, weil diese Form der Zusammenstellung und musealen Präsentation die Alltagsgegenstände nämlich keineswegs von ihrem Alltäglichkeitsanspruch befreie und demnach auch nichts Außergewöhnliches aus ihnen mache. Da ist nichts von Ding-Poesie oder Menschheits-Beklemmung zu spüren, nichts von lebensnaher Symbolik oder formaler Brillanz. Irgendwann werde man das merken, irgendwann in diesen blank geputzten Saal kommen und lautstark bestätigen, da sei gar nichts Besonderes dran. Irgendwer. Jemand von Rang. Mit Durchblick und ausreichend Verve, um zu den eigenen Ansichten zu stehen. Öffentlich. Ihm, Arthur, der von der Ecke aus Aufsicht habe, aus der Seele sprechend. Und dann würde er vorschlagen, den Tisch und den Sessel in den Aufenthaltsraum zu stellen, damit dort gegessen oder gelesen werden könne, und die Dachrinnen zum Altmetall zu bringen. Oder Tisch, Sessel und Glühbirne bleiben ganz einfach da, und man lege dort Bücher und Kunstkataloge hin und lade die Besucher ein, Platz zu nehmen und sich etwas über Kunst, über Begabung und Genie durchzulesen. Nur die Dachrinnen müssen zum Altmetall, denn die sehen ganz einfach aus, als lägen sie zu Unrecht hier im Ausstellungsraum. Als hätte man vergessen, sie zu montieren. Als hätten Arbeiter sie an einem Freitagnachmittag da abgelegt, um nächste Woche weiterzumachen. Montags wäre allerdings eine neue Arbeitseinteilung erfolgt, und neue Arbeiter hätten neue Dachrinnen angefordert, weswegen diese weiterhin hier

herumlägen. Die Kuratoren, die in der Folge die Ausstellungsräume bestücken wollten, seien sich unsicher gewesen, worum es sich dabei handle, und hätten vorsichtshalber, um keinen Fehler zu begehen, alles zur Kunst erklärt.
Das sage natürlich einiges über das Jetzt und die Kunst und die Unsicherheit aus, aber doch eher in der Art eines Skandals, einer Katastrophe oder einer lächerlichen Irrtümlichkeit. Etwas, das es eigentlich nicht geben dürfte.
Als wäre das alles noch nicht genug, ist die Installation auch noch ausgerechnet vor einer Wand aufgebaut, in die eine zwar nur andeutungsweise, aber eben doch sichtbare Türe geschnitten ist. Offensichtlich hat man sich darauf geeinigt, die flächengroße Arbeit, die mehrere, wenn auch bedeutungsmäßig abgestufte Schauseiten aufweist, könne nur in dieser Ausrichtung untergebracht werden. Nun weiß man allerdings nicht so recht, ob die Türe lediglich markiert ist oder real, ob sie zu den Elementen der Installation gehört oder nur zufällig, unvermeidbar, dahinter erscheint. Arthur hat sich oft gefragt, ob diese Türe wirklich notwendig sei, und ist der Frage sogar nachgegangen. Es handelt sich um eine der zahlreichen architektonischen Eigenheiten des Museumsbaus, für die sich keine Erklärungen finden lassen. Der Architekt hat hier einen kleinen Raum geplant, eine Kammer ohne besondere Funktion, deren Vorhandensein offenbar einzig dazu dient, die Wand hinter der Installation zu unterbrechen. Vielleicht hat man vorgehabt, hier das Verstauen von

Dingen möglich zu machen oder eine elektrische Einrichtung unterzubringen, schlussendlich aber eine andere Entscheidung getroffen. Möglicherweise verdankt die winzige Räumlichkeit ihre Existenz ja auch einem Denkfehler im Entwurf, einem Irrtum.

Auf Fragen seitens seiner Kollegen, warum er sich immer um den großen Saal bemühe, der flächenmäßig weit mehr Mühe abverlange, antwortet Arthur Werdenau, dass er die Routine vorziehe, weil die ihm erlaube, die Arbeit während der Arbeit zu vergessen. Und seine Kollegen geben sich kopfschüttelnd mit dieser Antwort zufrieden, sind allerdings stillschweigend davon überzeugt, Arthur Werdenau versuche mit diesem Verhalten vor allem, sich dafür zu empfehlen, in ihren Kreis aufgenommen zu werden. Er dränge sich vor zum größten Stück Arbeit, überwinde die ekelhafte Aura der riesigen Installation und verberge diese Extraleistungen auch noch hinter einem scheinheiligen Argument. Für dieses Ausnahmeverhalten fühlt sich Arthur Werdenau noch mehr gehasst, obwohl dazu eigentlich gar kein Grund besteht. Zu allem Überdruss dichten sie ihm eine geheime Leidenschaft für die blödsinnige Installation an.
Eine solche Nachrede wäre in anderem Zusammenhang etwa mit dem Aufdecken einer sexuellen Leidenschaft für Kleinkinder vergleichbar.
Dabei ist sich Arthur keiner versteckten Zuneigung zu der Installation bewusst. Eines gewissen

Interesses vielleicht, einer Neugier, allerdings einer, die von Verachtung genährt wird. Schließlich handelt es sich um eine Art Prüfstein, ein Mahnmal des Unterschieds zwischen jenen, die einen Witz erzählen, jenen, die darüber lachen und jenen, die ihn nicht verstehen. Im Schatten der Installation kommt sich Arthur wenigstens nicht wie einer vor, auf dessen Kosten man sich amüsiert. Mit dem Besen in unmittelbarer Umgebung dieses Monstrums, dieses infektiösen Befalls, fühlt er sich der Sachlage gewachsen.
Ihm entgeht nichts, und wenn es eines Tages dann soweit sein sollte, zum Zeitpunkt der großen Abrechnung, wird er mit seinem Besenstiel wild um sich schlagen, aber schlussendlich einzelne Elemente der lächerlichen Installation mit hinausnehmen, und die Bewohner der obersten Ebene werden der Meinung sein, er habe all das im Glauben gerettet, es handle sich um eines der wichtigsten Kulturgüter des ganzen Landes. Sie werden zufrieden lächeln, und die Insassen seiner Ebene, die er ob dieser Tat bald in Richtung höherer Ziele verlassen dürfte, müssten glauben, er demütige die da oben bloß, denn was nütze es, ihnen den kaputten letzten Rest hinzuhalten. In Wirklichkeit aber, und das weiß dann vorläufig nur er selbst, hätte er die einzelnen Objekte aus den Fluten gerettet, um sie ihrer eigentlichen Funktion zuzuführen. Rückzuführen. An diesem Tag wird er endgültig über die Installation und über die Ungerechtigkeit und über das System und über alle, die ihn nicht dabeihaben wollten, triumphiert haben.

Aber inzwischen, bis es soweit ist, geht es mit den Besen über die Korridore und durch die mächtigen Türen in die einzelnen Säle, und hinter ihm wird gelacht, werden Münder zerrissen, vielleicht gar nicht so viele, wie er annimmt, aber tendenziell doch eine Mehrzahl. Schließlich breitet es sich aus, wenn es einige auf einen Bestimmten abgesehen haben. Dahinter stecken immer nur einzelne, weil niemand einer Mehrheit gleichmäßig zuwider ist. Im Grunde wäre es auch schwer vorstellbar, dass auf einer diesbezüglichen Skala, die anzeigt, ob eine Abneigung gerade eben zum Ignorieren ausreicht oder bereits auf ausgewachsenen Hass deutet, die einzelnen Gefühlsleistungen innerhalb einer größeren Gruppe übereinstimmen. Der eine kennt vielleicht kein Mitleid, aber dafür hat der andere nicht den Mut, gewissenlos zu hassen. Einer verachtet, was er im nächsten Augenblick bereits vergessen hat, und der nächste merkt sich sein Leben lang, dass ihm gegenüber einmal Mitleid empfunden wurde. Er wird dieses Gefühl nie mehr loswerden, so sehr er es auch für andere empfindet, um es dadurch zu vertilgen.
Aber es gibt Rädelsführer. Meinungsmacher. Zu deren Persönlichkeitsfundament gehört es, sich einen auszusuchen, auf den es die Allgemeinheit dann abgesehen hat. Und die suchen sich einen aus, an dem es reichlich auszusetzen gibt. Dabei handelt es sich sozusagen um die Auswahlkriterien. Eigenschaften, die sich zur Abneigung eignen. Nichts Bestimmtes. Sie suchen sich niemanden aus, der in der Alltäglichkeit verschwindet, denn einen solchen

sieht man im entscheidenden Augenblick gar nicht. Sie wählen aber auch niemanden, der explizit heraus sticht, denn die eignen sich eher zu Bewunderungszwecken. Worauf sie es abgesehen haben, ist die Tendenz. Die Tendenz eines Vertreters der einen Seite, der sich tief im Einflussgebiet der anderen befindet. Da haken sie ein, und es gilt, dass es mindestens eine Ewigkeit dauert, bis einer sich davon befreien kann, sobald er erst einmal an diesem Haken zappelt. Ihm selbst gelingt das überhaupt nur in den seltensten Fällen. Da wird er schon eher heruntergeholt, ausgetauscht. Beispielsweise, weil nichts mehr mit ihm anzufangen ist. Weil er einen leblosen Körper abgibt, einen gebrochenen Menschen, der den Bruch, der durch jeden hindurchgeht, in aller Deutlichkeit veranschaulicht. Oder, weil ein besseres, ein willkommeneres Opfer gefunden wird. Das ist dann Glück. Ablöse. Da beginnt dann die zweite Prüfung, die nämlich der Frage nachgeht, ob jemand, dem solches widerfährt, tatsächlich die Nerven hat, sich nahtlos einzureihen oder es vorzieht, sich aus diesem Schlamassel in einen anderen, einen neuen Schlamassel zurückzuziehen. Was auch sein kann.

Jedenfalls weiß Arthur Werdenau über diese Zusammenhänge und auch über deren Alltäglichkeit Bescheid, und er weiß, er ist einer, der zappelt, und hinter ihm wird gekichert, wenn er mit seinem breiten Besen voraus läuft, und all diese Verunglimpfungen seiner Person zielen nicht darauf ab, ihn als abartiges Subjekt darzustellen, sondern zu demonstrieren, was man mit ihm alles anstellen kann.

Aber Arthur Werdenau weiß auch, dass er der erste sein wird, dem es aus eigener Kraft gelingt, sich von diesem Mehrheitshaken zu befreien. Sich zur Gänze zu lösen und selbst entscheiden zu können, auf welcher Seite er stehen will. Und die würde immer seine eigene bleiben.

Das neue Museumsgebäude ist in den Schauräumen mit einem Bodenbelag ausgestattet, der sich aus einer Mischung von winzigen Steinchen, Steinchenbrocken und Beton zusammensetzt. Bei der künstlichen Beleuchtung, die den ganzen Tag über eingeschaltet ist, kann man den Staub, dem die Aufseher vor ihrem eigentlichen Dienstantritt mit den nassen Besen beizukommen versuchen, kaum erkennen. Im alten Haus, erinnert sich Arthur, hat man ihn durch die Sonnenstrahlen wirbeln gesehen, da hat er sich in den Ritzen zwischen den steinernen Bodenplatten verkrochen.
Kurz vor zehn Uhr hören sie mit dem Kehren auf, ganz egal, ob sie fertig geworden sind oder nicht. Ein Sirenensignal ertönt, und sie treten wieder auf den Gang, um die Besen abzugeben und sich ihre jeweiligen Routen, Zeitpunkte für Stichproben und spezielle Aufgaben abzuholen. Die ganze Zeit über wird miteinander geredet. Nur mit Arthur nicht.
Das geht schnell. Zunächst wird man von der Unterhaltung ausgeschlossen, und dann redet keiner mit einem, weil man es offenbar vorzieht, sich schweigend aus allem herauszuhalten. Irgendwann trägt man das Schweigen dann mit sich herum,

bringt es mit seinem Erscheinen auch in die gesprächigste Runde. Alles verstummt, wenn man auftritt.

Bei der Abgabestelle für die Besen wird ihnen mitgeteilt, der Direktor habe vor, zu allen Bewohnern ihrer Ebene zu sprechen. Aus diesem Grund sollen sie sich unmittelbar nach Dienstschluss im Vortragssaal einfinden. Wer früher Dienstschluss habe, müsse eben warten oder wiederkommen oder auf die Ansprache des Direktors verzichten.

Müdes Gelächter. Desinteressiertes Gemurmel.

Was würde der Erstgereihte der obersten Ebene zu berichten haben? Eigentlich ja ein Würstchen, das in den Ansprachen immer versucht, sich wie einer von ihnen zu geben. Eine Witzfigur. Womit es ihm übrigens glänzend gelingt, auf einen gewaltigen Unterschied aufmerksam zu machen, denn sie alle sind bei solchen Gelegenheiten bestrebt, nicht so zu sein, wie sie sind. Vielleicht liegt eine gewisse Nähe im grundsätzlichen Hang zur Verstellung, allerdings eine Nähe wie zwischen zweien, die Hals über Kopf davonlaufen. In die entgegen gesetzte Richtung, womit aus der anfänglichen Distanzlosigkeit rasend schnell eine Entfernung wird.

Aber der Direktor, soviel hat Arthur Werdenau begriffen, verstellt sich nicht, um sich unerlaubterweise in die Gemeinschaft zu schmuggeln, er verstellt sich vielmehr, um seine grundsätzliche Bereitschaft, eine demütige Haltung einzunehmen, zu demonstrieren. Höflichkeitshalber.

Wie ein hoher Herr eben, der andeutungsweise heruntersteigt, eine Stufe vielleicht, und der mit dieser Geste darauf hinweist, wie viele Stufen es für die anderen hinaufzusteigen gelte. Aber auch, dass das ginge, dass das keine Frage der Standeszugehörigkeit, der Herkunft, einer kurzsichtigen Vision im Elternhaus sei, sondern vielmehr so beschämender Aspekte wie des Selbstbewusstseins, der Gehirnkapazität, der Ausdauer, des Rückgrats, gleichermaßen hinsichtlich Biegsamkeit und Stabilität. Nur wenige unter den Zuhörern verstehen das und reagieren entsprechend einsichtig. Die Mehrzahl gefällt sich darin, die Höflichkeitsgeste des Museumsleiters für bare Münze zu nehmen. Bei Anlässen wie diesen probiere der sich in Menschlichkeit, steige herunter, um wie ein wirklicher Mensch zu empfinden, und begreife zu seinem jedes Mal größeren Entsetzen – welches allerdings auf fortschreitende Abstumpfung stoße –, dass er unter diesen kaum noch etwas zu suchen habe. Sie frönen der Leichtgläubigkeit, wie Touristen, die glauben, man habe sie anderswo wirklich gern und koche daher jene Speisen, die sie von zu Hause gewohnt sind, weil man erkannt habe, diese Speisen seien im Grunde ohnehin die besseren.

Was also würde er diesmal verkünden? Die üblichen Durchhalteparolen bezüglich eines gekürzten Budgets, das die obere Etage bereits unvorsichtigerweise und zur Gänze für Champagnergelage ausgegeben habe? Oder die monetären Beschneidungen, die das Museum seinen zahlreichen Reisen zu exotischen Zielen verdanke, bei denen zwar allen das Wasser im Munde zusammenläuft, aber niemand sich vorstellen kann, was es dort eigentlich museumsmäßig zu tun gäbe? Erwartete er sich dafür Glückwünsche oder Absolution? Jeder einzelne dieser Mehrzahl weiß, dass er sich, wäre er selbst eines Tages Mitglied einer höheren Ebene, jenes Verhaltens, dessen er heute den Direktor verdächtigt, bedienen würde. Wahrscheinlich noch phantasievoller. Despotischer. Und wer unter den Zuhörern das nicht glaubt, der schließt sich dennoch dieser Meinung an, weil er nicht einer Minderheit zugerechnet werden will. Zunächst übernimmt der Zweifler diese Gedanken zumindest nach außen hin und dann, über unerforschliche Wege, auch innerlich.

Viele lassen sich erst gar nicht blicken, was gleichbedeutend damit ist, von der Kollegenschaft am nächsten Tag Märchen aufgetischt zu bekommen. Hirngespinste von Sonderzulagen, Betriebsausflügen ins Bahnhofsviertel, vergünstigten Mittagsmenüs oder dem festen Versprechen, bald keinen Aufseher mehr mit dem Besen kehren zu lassen. Die Fehlenden, denen am Abend zuvor der Weg nach Hause, ins Wirtshaus oder zu irgendeiner dazwischen liegenden Anlaufstelle wichtiger erschienen ist, und die das im Nachhinein meist bereuen und besser wissen, weil die Zeit sie ein Stückchen weiter aufgeklärt hat, indem sie das eine zur Vergangenheit und etwas anderes zur Gegenwart macht, reagieren auf so etwas üblicherweise mürrisch. Sie wissen, dass sie nichts anderes verdienen. Was also sagt der Direktor? Als erstes verleiht er seiner Zufriedenheit über die allgemeine Leistung

Ausdruck und versichert, dieser gebühre eigentlich eine Sonderzulage. Ein solcher Hinweis wird von den Angehörigen der niedrigsten Ebene, die nach Dienstschluss erschienen sind, jedes Mal mit einem verlegenen Lächeln bedacht, obwohl der hohe Herr sich nicht einmal die Mühe gemacht hat, die Scheinheiligkeit eines solchen Komplimentes zumindest provisorisch zu verbergen.
Dann kommt er auf jene Sitte zu sprechen, die in dem Land, in dem er geboren wurde, herrsche, und der zufolge alle Mitarbeiter eines Betriebes einmal im Jahr gemeinsam einen Ausflug unternehmen. Ganz wie eine große Familie. Alle gemeinsam, um sich jenseits des Arbeitsalltags kennen zu lernen.
Aber die hektischen Zeiten ließen das hier leider nicht zu, und irgendwer müsste ja ohnedies dableiben, weil das Museum schließlich nicht einen ganzen Tag lang zugesperrt bleiben könne. Jedenfalls nicht in dem neuen Haus, in dem es keinen Ruhetag mehr gebe. Wie zum Trost werden dann belegte Brötchen gereicht. Vielmehr liegen sie auf einem Tisch und alle greifen zu, während der Direktor mit vollem Mund weiter spricht und zu erklären versucht, der Umzug in das neue, viel schönere, viel modernere Haus fordere in mancherlei Hinsicht Zugeständnisse. Alle denken, dass jetzt von den unliebsamen Tätigkeiten die Rede sein würde und von der Toleranz, die dem einzelnen in so einer Situation abverlangt werde. Er selbst, er, der Direktor, sei dabei so etwas von nicht ausgenommen, wie kaum einer sich das

vorstellen könne. Schließlich wäre ja auch sein Vertrag zeitlich begrenzt, und er wisse nicht, wie lange und ob man ihn dann überhaupt noch wollen werde. Das ist ein unerwarteter, weil in dieser Form nicht in der alljährlichen Ansprache vorkommender Aspekt.

Alle gemeinsam seien sie in diesem wunderschönen neuen Haus auch in eine vollkommen veränderte Situation geraten, was zweifellos abzusehen gewesen wäre, allerdings im Detail, also in den Konsequenzen niemandem völlig klar sein konnte. Wie das dann aussehe nämlich. Dass hier alles enger und kleiner und konzentrierter sein würde, mit höherem Verpflichtungsanteil am Besuchererfolg. Die Religion der streng durchgerechneten Ökonomie, ihm persönlich, dem Direktor, natürlich seit jeher ein Dorn im Auge, aber lauthals gefordert von den unsichtbaren und allgegenwärtigen Obrigkeitschimären. Als ob über ihm kaum nachgedacht werde. Wie auch immer. Kauderwelsch aus der technoiden Kaufmannsfibel. Von wegen Optimierung, Ressourcen, rentabel, Dividende, Koeffizient und abzuziehender Investitionsrendite.

Soweit jedenfalls versteht Arthur Werdenau, das heißt, er versteht nicht einmal mehr bis hierher, kann aber bestätigen, dass im affenartigen Fachjargon um den heißen Brei geredet wird. Irgend etwas bahnt sich an, lauert zwischen den einzelnen Vokabeln des holpernden Wirtschaftsgestammels des Direktors, der plötzlich wieder zum Herrn Direktor wird. Irgend etwas lässt sich nur

unzureichend verbergen, soll eigentlich auch gar nicht mehr verborgen werden, da es ja doch hier und jetzt heraus müsse. Und dieses Etwas, das gleich einem drohenden Fluidum die Atmosphäre in Beschlag nimmt wie giftiges Abgas, das unter Vorspiegelung falscher Tatsachen aus nur dem Schein nach gut meinenden Öffnungen strömt, verschafft Arthur ein beklemmendes Unwohlsein, das sich allmählich und zuerst in seiner Halsgegend bemerkbar macht. Als werde dort irgend etwas zugeschnürt, abgebunden. Er gerät ins Schwitzen.
Zuerst hat Arthur sich im üblichen Erträglichkeitsmaße wohl gefühlt. Keinesfalls übertrieben, aber auch nicht von Anfang an verbal hintergangen. Die ersten Worte des Direktors und der Wiedererkennungseffekt in ihrem Gepäck waren im Begriff, sich zu einer Startbahn zu verbreitern, auf der jenes Raumschiff, das aus Sprechendem und Zuhörern, aus Gesagtem und Gehörtem, aus Wiederholtem und Wiedererkanntem besteht, zu einem halbstündigen Flug der Sinnlosigkeit aufsteigen würde. Und mitten in der schönsten Abhebelaune, genau vor dem Levitationspunkt taucht etwas auf, das nach Ernstfall riecht. Nach empfindlichen Unannehmlichkeiten für all jene, die mit dem Stoff überzogen sind, an dem Unangenehmes üblicherweise kleben bleibt. Und würde das eine Aufforderung sein, sich zu erkennen zu geben, müsste Arthur Werdenau glatt aufzeigen. Das heißt, er hätte das Bedürfnis verspürt, aufzuzeigen, hätte den Ansatz zu einer Bewegung

genau im falschen Moment abgebremst, sodass jeder Bescheid weiß, und sich dann in utopischem Ausmaße geärgert, dass er überhaupt auf die Idee gekommen wäre und sich nunmehr als nicht dazu stehender Betroffener zu erkennen gegeben hätte.
Es hilft ja doch nichts. Zumindest in seinen eigenen Augen stellt er eine Anlaufstelle für Misslichkeit dar, eine Peinlichkeitstankstelle, an der sich jene die Augen weiden, die kopfschüttelnd gerne sehen, wie es manche immer wieder erwischt, während andere nahezu permanent ungeschoren davonkommen. Und darunter sie. Versteht sich.
Und jetzt befindet sich da zwischen ihm, seinem Eingeständnis und dem faselnden Direktor, aus dessen Mund sich neben den herumgeredeten Worten bereits Sinnentfremdungen mit berechtigtem Anspruch auf Lächerlichkeit drängen, eine Gefährlichkeit, die ihn aufs Korn genommen hat. Die ihn anstarrt. Obwohl sie noch nicht zum Vorschein, noch nicht einmal offiziell auf die Welt gekommen, beziehungsweise auf dieser niedrigsten aller Ebenen eingetroffen ist. Starrt sie ihn schon an. Wird sie sich plötzlich an dem immer weiter abhanden kommenden Sinn vorbeidrängen, wie eine unglückselige Fontäne hervorsprudeln und dabei genau auf Arthur zielen. Auf ihn unter den vierzig, fünfzig Menschen. Ausgerechnet. Jetzt schwitzt Arthur schon, das heißt eigentlich tut das nicht er, sondern es schwitzt aus ihm heraus. Ohne ihn zu fragen. Ohne sich dabei um ihn zu kümmern. Es schwitzt Tränen aus seinem Körper, denn da bahnt sich etwas an, das nur ins Auge gehen kann.

Dann, erst nach dem Schwitzen, weil alles ja macht, was es will, wird Arthur mit einem Mal furchtbar heiß. Ganz furchtbar und dagegen kann er nicht das Geringste unternehmen. So wenig wie gegen das Schwitzen und gegen die immer unerträglichere Luft, Atmosphäre, Umgebung, Existenz. Und da ist es dann plötzlich auch schon heraußen, vollbracht und hat danach geklungen, dass, bei allem Respekt und wissentlich, dass und so weiter, aber eben unvermeidlich der eine oder andere, das heißt so cirka, in etwa zehn Prozent vom Aufsichtspersonal für eine andere, wer weiß, vielleicht höher stehende Tätigkeit freigestellt werden müssten. Also raus geworfen, verabschiedet, vorne mit Handschlag, hinten mit einem Tritt. Von vorne mit guten Wünschen, von hinten mit einem breiten Grinsen. Einem schallenden Lachen. Zumindest all jener, die es nicht erwischt hat. Wenigstens diesmal noch nicht. Zehn Prozent, das bedeutet sage und schreibe drei Mann, und darunter, mit an Wahrscheinlichkeit grenzender Sicherheit er. Arthur Werdenau.
Da gibt es eigentlich nichts zu deuteln, sondern bestenfalls zu konstatieren, dass in anderen Bereichen ebenfalls abgespeckt werde, bei der Putzbrigade, beim Postdienst, sogar bei den gut aussehenden Sekretärinnen, aber all das, dieses gesamte Spektrum des Schreckens hilft Arthur kein bisschen weiter. Was nützt es einem, der hingerichtet wird, wenn man ihm eröffnet, dasselbe Schicksal erwarte auch noch eine ganze Menge anderer? Soll er Zuversicht aus der Tatsache

gewinnen, dass er bei seinem letzten Gang in einer Schlange stehen wird?
Arthur ist wie benommen, angezählt, als hätte ihn unerwartet eine unwiderstehliche Linke am Kopf getroffen, oder eine, die er zwar kommen gesehen hat, gegen die er aber nicht das Geringste hat unternehmen können. Einmal an der Schädeldecke, sorgt so ein Schlag dafür, dass alles durcheinander gewirbelt wird und die Auseinandersetzung gnadenhalber als beendet gilt.
Er fühlt sich nicht nur vom nunmehr stotternden Direktor, der innen voll Häme und Scheinheiligkeit ist, und der von ihm überbrachten Schreckensbotschaft, sondern darüber hinaus von allen übrigen Anwesenden angestarrt. Einschließlich jener anderen beiden, die mit ihm die Türklinke in die Hand bekommen würden. Der Direktor hätte doch gleich von ihm und zwei, die eben noch ausgelost werden müssten, sprechen können, aber es gehört wahrscheinlich zu den höheren Regeln der Grausamkeit, das Opfer möglichst lange zappeln zu lassen. Die Phase der scheinbaren Unentschiedenheit, während der man sich ein letztes Mal im Vielleicht-ja-doch-Nicht sonnenbaden könne, hinauszuzögern, bis auch der peripherste Nervenstrang zum Reißen gebracht worden ist. Aber er weiß es. Arthur weiß, dass er, niemand außer ihm, das heißt, niemand Bestimmter, nur eben irgend welche zwei andere gemeint sind. Und er weiß, dass alle das wissen.
Die Ansprache des Direktors endet damit, dass seine Worte, anstatt abzubrechen, immer leiser

werden, und als rein gar nichts mehr zu verstehen ist, hebt, ihm gegenüber, eine gemurmelte Diskussion unter den Zuhörern an. Wiewas? Was bedeute das da jetzt im Klartext? Die einzelnen Arbeitsgruppen rotten sich zusammen, die Kassierer, die Garderobieren, die Aufräumefrauen und genauso die Aufseher staunen, bitten sich gegenseitig zu wiederholen und zählen an ihren Fingern ab. Niemand achtet auf Arthur, und doch weiß der, es könne unter den Aufsehern nur darum gehen, wer wohl die anderen beiden sein würden. Innerlich lachen sie sicherlich schon, hinter den Gesichtern, und auch die Kassierer und die Garderobieren trösten ihre Furcht vor einer ungewissen Zukunft mit dem einzigen ulkigen Aspekt der Geschichte. Dass es nämlich Arthur Werdenau erwischen werde, die einstimmig zum Außenseiter gewählte Randerscheinung, den heimlichen Freund der großen Installation, der höchstwahrscheinlich abends Bücher lese und vor dem Einschlafen zuweilen bete. Arthur Werdenau, der aber eigentlich auch alles tue, um sich möglichst unbeliebt zu machen. Die Schande der ganzen Ebene, welche unter seinem Stolz und seinen verzweifelten, bemitleidenswerten Versuchen, eine höhere Ebene zu erklimmen, zu leiden habe. Er, der selbst der Meinung sei, nicht hierher zu gehören, sondern mehr oder weniger unabsichtlich, vorübergehend, provisorisch, mangels einer verfügbaren Alternative hier gelandet wäre. Der einzig Unschuldige unter den Gefangenen, der sich auf sein Recht berufe, auf die Resozialisierung zu pfeifen.

Das alles liegt, Arthurs Auffassung nach, über einem Dickicht aus halbherzigem Gezeter und strapaziertem Schweigen. Das alles vertreibt Arthur, lässt ihn, der einen Moment lang daran gedacht hat, die schwache Stunde zu nützen, um sich einer Gemeinsamkeit aufzudrängen, würde sich die Allgemeinheit nicht wieder einmal umgehend gegen ihn verschwören, wortlos durch die große Schwungtüre treten.
Der Platz vor dem Museumsgebäude ist mit quadratischen Steinplatten ausgelegt, die dem eisigen Wind, der sich wenig daraus zu machen scheint, dass Arthur Werdenau gerade einen bitteren Umstand in Erfahrung gebracht hat, nichts in den Weg legen.
Arthur schlägt den Kragen seines Mantels hoch, hüllt sich fester in dessen Stoff und geht nach Hause, wobei ihn ein Detail, das zunächst ganz winzig ausgesehen hat, davon abhält, mit einer unglaublichen Gehirnleere blicklos auf die inzwischen unendlich oft gesehenen Randphänomene seines Nachhausewegs zu starren. So unvorteilhaft und aussichtslos seine Lage auch sein mochte, hat er seinen beiden Leidensgenossen, die auf höchster Ebene sicher längst ausgezählt waren beziehungsweise von den Zuhörern der Direktorenansprache in Kürze im Wirtshaus durch Armdrücken ermittelt werden würden, eines voraus. Er weiß Bescheid. Er weiß, wer er ist, und daher auch, dass er einer von dreien sein wird, die, wenn alles nach Plan verliefe, bald nicht mehr sein werden. Die anderen beiden sind nach wie vor ahnungslos,

räkeln sich möglicherweise noch in der Gewissheit, es werde sie nicht treffen, weil sie schon lange hier, bemitleidenswert und integriert seien. Über ihnen liege eine schützende Hand, ein Schirm, der aus den einzelnen Teilen der Zusammengehörigkeit gebildet wird.
Und auf diese leichtsinnige Einschätzung könnte ein böses Erwachen folgen. Spätestens wenn festgestellt wird, dass in Situationen höchster Bedrängnis jeder sich selbst am nächsten ist und eine Gemeinschaft sich dadurch auszeichnet, sich kurzfristig an manchen Stellen zu öffnen und jemanden auszuspucken. Ohne mit der Wimper zu zucken. Und wenn, dann nur zum Lebewohl.
Es erfüllt Arthur Werdenau mit einem für ihn ungewohnten Gefühl der Genugtuung beziehungsweise Auszeichnung, dass ausgerechnet er, derjenige, auf den man es allerorts abgesehen hat, über einen Vorteil verfügt, noch dazu einen Vorteil, der von eben diesem Umstand herrührt. Seine einzige Chance scheint darin zu bestehen, sich jene Gewissheit, mit der er voran liegt, zunutze zu machen. Seine Gewissheit gegen die Allgemeinheit zu verwenden, bevor diese, vertreten durch die Arbeitskollegen, durch den Personalchef, den Herrn Direktor oder wen auch immer, sich seelenruhig seiner entledige. Niemand würde in seinem Fall Einspruch erheben, alle wären sich einig, dass, wenn einer gehen müsse, er es sei, und wenn drei gehen müssen, er unter diesen dreien zu finden sein würde.
Weder ist ganz unten, zwischen den Kunstwerken, unter den Aufsehern einer willkommen, der

sich, offenbar schuldbewusst, nachsagen lässt, er möge diese seine Tätigkeit allen Ernstes, wenn auch nur zu gewichtigen Teilen, noch heißt man es aus höherer Perspektive gut, einen Aufseher zu beschäftigen, über den gemunkelt wird, er unterhalte eine sonderbare Beziehung zu einzelnen Kunstwerken. Ein distanziertes Nahverhältnis. Auch noch zu solchen, die weder eine pornographische Interaktion symbolisieren, noch etwas Wiedererkennbares darstellen. Die einen wollen ihn nicht und die anderen auch nicht.

Aber wie viel Zeit wird ihm bleiben? Wie lange gibt man jemandem, ehe man ihn vor die Türe setzt? Ausreichend, damit er sich neu orientieren kann? Gar keine, weil man in Zukunft ohnedies nichts mehr mit ihm zu tun haben wird?

Arthur Werdenau hat gelernt, dass immer vom Schlimmsten ausgegangen werden muss. Im Grunde sind das alles Bestien, die gar nicht erwarten können, auf jemanden losgehen zu dürfen. Eine Trauergemeinschaft, die während der Bestattung tief und tatsächlich berührt ist, sobald die Tränen allerdings abgewischt sind, ans Grab zurückkehrt, um es zu schänden und dadurch ein unbändiges Bedürfnis, nach einem Ausgleich für die auferzwungenen Verhaltensregeln zu befriedigen. Wäre die Leiche nicht bereits eingesargt und zwei Meter tief vergraben, oder im Idealfall sogar verbrannt, würden sie sie kurzerhand zerreißen. Auseinanderstückeln, desto hemmungsloser, je tiefer und ehrlicher sie zuvor von ihnen beweint worden ist.

Wie viel angenehmer wäre es, emotionslos auseinandergesetzt zu bekommen, dass da drei Arbeitskräfte zu viel wären und deswegen exakt so viele raus müssten. Dann könnte gefragt werden, ob der eine oder andere nicht ohnehin schon die Nase voll habe, oder etwas Neues in Aussicht stünde, und wenn nicht, wird ganz einfach nach Verträglichkeit vorgegangen. Wem bricht es das Genick, wen treibt es in den Freitod, durch wen bleiben mehrere hungernde Kinder, eine Frau, ein Mann, für den das alles viel zu viel wäre, zurück? Wer will in Wahrheit gar nicht? Wem ist die Sache längst über den Kopf gewachsen, und wem wäre vielleicht sogar daran gelegen, sofern sich etwas anderes für ihn finden ließe?
Als Museumsaufseher sind sie allesamt Staatsdiener und auch dort Mieter einer der untersten Ebenen. Einer, die allen von weiter oben vorkommen muss wie die tiefste Tiefe des Ozeans, wo kein Licht brennt, sondern nur ab und zu Grauen erregende Ozeanmonster vorbeikommen, die so entsetzlich aussehen, weil es dort kein Ansehen gibt. Die nichts von dieser Welt haben und so weit unten leben, wohin der menschliche Organismus gar keinen Zugang hat. Nicht einmal mit ausgeklügelten Hilfsmitteln. Außerirdisches. Ganz nah am Mittelpunkt des Planeten.
Als Staatsdiener untersten Niveaus fänden sie sich zwar nicht auf der Straße wieder, hätten allerdings bei einem Minimum des Minimums auf eine neue Beschäftigung, die sie von neutraler, also vergleichbar niederträchtiger Stelle zugeteilt

bekämen, zu warten. Und das bei dem ständigen Staatsdienerabbau. Von ihnen gibt es zu viele, und die bekommt man nicht mehr weg, es sei denn, man bringt sie dazu, freiwillig aus dem Staatsdienst auszuscheiden.
Dieser Überfluss resultiert aus dem Zeitalter der guten Ratschläge, und die haben sich mittlerweile auch geändert, sodass sie nur noch für den Ratgeber gut sein müssen.
Remscheid, der Vorgänger von Mannsfeld ist so ein Fall gewesen. Dem haben sie eingeredet, er hätte woanders Chancen. Aussicht auf höheren Verdienst, mehr Ansehen, weniger Mühe, weniger Aussichtslosigkeit. Irgendwo unter den Ministerialportiers. Das ist ja nicht so, dass da jemand kommt und sich einen wie Remscheid heraussucht, um ihm ein paar Ratschläge zu erteilen. Diese Vorschläge und gut gemeinten Ideen kursieren fortwährend, tollen herum, werden an jeder zweiten Ecke geflüstert, kolportiert, geschworen und Neugierde weckend verheimlicht. Und manch einer wird schwach, lässt sich hinreißen, hört einmal, ein einziges Mal genauer hin, lacht ja vielleicht, aber trägt von diesem Moment an den Keim in sich. Einen Samen, der tagtäglich voluminöser wird, sich aufbläht und alles andere allmählich verdrängt.
Irgendwann erkundigt sich so jemand, jemand wie Remscheid dann, ob da tatsächlich etwas dran sei. Ob es Chancen auf Erleichterung, Möglichkeiten der Linderung gibt. Und damit hat er sich endgültig ausgeliefert, klebt fortan fest im Bann eines

krampfhaften Glaubens, es gehe auch anders, da sei mehr und liege herum und warte darauf, dass man sich seiner annehme. Und ehe so jemand bis drei zählen kann, noch bevor er irgend etwas unternommen hat, findet er sich, statt weiterhin im Dienst, nur noch zu Hause wieder, mit minimalen Bezügen, weil man das an seiner Dienststelle mitbekommen hat und begrüßt, ihn beglückwünscht und ihm nichts in den Weg legen möchte. Auch nicht seinen bisherigen Aufgabenbereich, der offensichtlich klar unter seiner Würde liege, für den jemand wie er ja auch nicht wirklich geschaffen sei. Ein bisschen enttäuscht sei man natürlich schon. Das ließe sich ja jetzt sagen, das könne man ihm jetzt, hinterher, ruhig gestehen. Schließlich habe man weiter oben gehofft, er fühle sich wohl, er sei mit seiner Tätigkeit, die er übrigens tadellos, wirklich hervorragend erledigt habe, zufrieden. So gut wie tadellos, zufriedenstellend, aber auch das spiele nun keine Rolle mehr. Selbstverständlich gebe es immer und überall Steigerungsmöglichkeiten, und natürlicherweise begehe man Fehler. Das sei menschlich. Human. Und wer wisse das besser als er, dem hin und wieder solche menschlichen Fehler unterlaufen seien. Flüchtigkeiten. Lappalien. Angelegenheiten, die sich dort, wo er sie begangen habe, kaum auswirken konnten. Weiter oben könne man sich so etwas natürlich nicht mehr leisten. Dort wiege jede Handlung schwerer, sei die Verantwortung unerträglicher. Da käme nur hin, wer sich sozusagen darum reiße, bei jedem Handgriff

höchster Gefahr ausgesetzt zu sein. Ständig mit einem Fuß vor der Türe.
Die nächste Stufe ist dann die der Tröstung. Der Vertröstung und In-Aussicht-Stellung von Linderung. Was angekündigt wird, wovon man prophezeit, es bahne sich allmählich an, wird immer größer, immer überwältigender, während die Chance, dass es tatsächlich passiert, im selben Maße schrumpft. Etwas Besseres ist nicht zu erwarten. Großartiges passiert nie.
Vor einem solchen lächelnden Niedergang bewahrt lediglich Ohrenverschließen, Nicht-Hinhören, Sich-nicht-Hineinziehen-lassen. Taubstellen, Weitergehen. Nicht-stehen-bleiben. Wer diese Gesänge einmal vernimmt, bekommt sie nicht mehr so schnell aus dem Kopf. Und möglicherweise erst mit Hilfe der Trümmer seines bisherigen Lebens.
Remscheid hat irgendwann verständlicherweise die Nase voll gehabt, und liebenswürdigerweise wurde er von seinem Cousin, für den er aus der vermeintlichen Warteschleife heraus schon aushilfsweise, aus Langeweile und um ein bisschen Selbstachtung zurück zu gewinnen, gearbeitet hatte, angestellt. Im Gemüseladenbereich. Somit stieg er aus der Nerven zermürbenden Verzögerungstaktik aus. Eigentlich beendete er das natürlich nicht von sich aus, wiewohl man ihn in diesem Glauben beließ, sondern ein solches Ende war abzusehen gewesen. Logische Konsequenz. Remscheid handelte so, wie man es sich von ihm erwartet hatte. Er tat das, worauf alles hinauslief.

Bis zur stattlichen Pension für gar nichts hatte er nicht durchgehalten, und jetzt hatte sich jemand anderer seiner angenommen.
Man hatte ihn angefixt, abhängig gemacht, hoch gezüchtet und dann so lange hingehalten, bis er es für notwendig hielt, sich selbst in Behandlung zu begeben. Ohne einen blassen Schimmer davon, dass es sich die ganze Zeit über um eine Entziehungskur gehandelt hatte, die er jetzt abbrach, um woanders neu anzufangen. Der Entzug der Normalität, der man sich entwöhnt, weil alles danach aussieht, als handle es sich dabei um die Voraussetzung für ein neues, ein besseres Leben. Die ganze Zeit über befand sich Remscheid im Glauben, er handle aufgrund einer inneren Problematik, weil früh etwas schief gelaufen sei. Er sei von etwas in Abhängigkeit geraten, das ihn allmählich auffressen, zugrunde richten und sich selbst fremd machen würde, während ihm in Wirklichkeit beigebracht wurde, auf das, was von einem übriggeblieben ist, angewiesen zu sein. Weil in der Abhängigkeit ja eigentlich die Geborgenheit liegt, in den Beziehungen die Sicherheit.
Ab und zu kommt Remscheid noch vorbei, um seine Kollegen zu sehen, um Zeit totzuschlagen, und dann wird er gefragt, worauf er noch warte, und selbst falls er mittlerweile begriffen haben mag, dass ohnehin nie irgend etwas kommen werde, malt er seinen zurückgebliebenen Kollegen farbenfroh aus, was da auf ihn warte. Schließlich muss man etwas vorzubringen haben, benötigt man einen vernünftigen Hintergrund,

vor dem sehnsüchtig alte Zeiten beschworen werden können. Arthur Werdenau ist es so vorgekommen, als ob Remscheid diese Besuche mache, um dorthin zurückzukehren, wo alles noch Sinn gehabt habe. Zumindest einen für ihn überschaubaren, im Nachhinein abschätzbaren Sinn. Eine Rückschau voll Wehmut, anstatt eines Blickes zurück, mit dem man sich bestätigt, man habe gut daran getan, von hier aufzubrechen.
Direkt ist Arthur nie dabei gewesen, wenn Remscheid besuchen kam, denn der kann ihn nicht leiden. Irgendwie kehrt er aber sicherlich auch zurück, um Arthur auf einer seiner Runden vorbeilatschen zu sehen. Und der, Arthur, kann von weitem hören, ohne sich etwas anmerken zu lassen, dass Remscheid nichts anderes zu tun habe, als abzuwarten, während man von Staats wegen an einer gehobenen Zukunft für ihn arbeite. Von wegen. Er weiß es und seine Zuhörer wissen es, und die, die es nicht wissen, wissen es deswegen nicht, weil sie noch nie mit dem Kopf gegen eine im Weg stehende Mauer gelaufen sind. Weil sie den Schmerz nicht kennen, der sich erst dann zurückzieht, wenn er absolut nichts mehr übrig lässt als die Verzweiflung darüber, in Richtung einer falschen Idee losgelaufen zu sein. Geglaubt zu haben, was massiv im Wege steht, könne mit Naivität und verdrehten Tatsachen überwunden werden. Wie Remscheid will Arthur keinesfalls enden.
Deswegen muss die alles entscheidende Frage anders gestellt werden. Nicht, wie viel Zeit sie

jemandem geben, dessen Vorhandensein sie zu subtrahieren gedenken, sondern, wie lange es dauert, die dazu notwendigen Maßnahmen zu treffen. Wahrscheinlich sind da Eingaben zu machen, Begründungen anzukreuzen, warum man ausgerechnet denjenigen zugrunde richten will. Formulare auszufüllen, warum gerade der über die Klinge springen soll. All das allerdings scheinheiliger Natur, weil ja in Wahrheit und für immer jene das anordnen, die es dann begründet haben wollen, und die, die nach Gründen suchen, indirekt nur ihren eigenen Anweisungen folgen. Außerdem verfügen sie über keinerlei Mitleid und eine wirkliche Suche ist das auch nicht, sondern das Ausstellen eines Totenscheins und die naive Hoffnung, dieser könne am Ergebnis noch etwas ändern. Die schriftliche Abfassung eines Urteils, das längst gefällt worden ist. In den Herzen und in der Überzeugung, nicht nur der Mensch müsse gesund sein, sondern genauso die Menschenansammlung Staat.
Wie lange es dauern wird? Kurz. Solche Angelegenheiten erledigt man in Sekundenschnelle. Niemand genießt das. Niemand. Wer es genießt und das bemerkt, wird fortan daran arbeiten, diese eigenartige Neigung an sich zu bekämpfen. Möglicherweise begibt er sich sogar in Therapie. Oder er vertuscht. Er schweigt und genießt ausschließlich für sich selbst. Hinter vorgehaltener Hand.
Nein, auf alle Fälle erledigt man das schnell. Kurz und nach Möglichkeit schmerzlos. Wie mit dem

Schlachtapparat, den man dem nichts ahnenden Tier an den Kopf hält. Sekundenbruchteilschnell. Nicht länger als notwendig. Das Ganze muss unerwartet passieren, plötzlich, nach einem Moment absoluter Stille und Bewegungslosigkeit. Auch der professionelle Killer erledigt seine Arbeit unauffällig und ohne unnötige Verzögerung. Er bedient sich der Ahnungslosigkeit, die ihn mit seinem Opfer verbindet. Er geht sorgfältig vor, aber ohne jeglichen emotionalen Aufwand. Man geht davon aus, er könne sich einen solchen nicht leisten. Und genauso verhalten sich auch die in einem derartigen Fall Verantwortlichen in der Staatsverwaltung. Die Schreibtischtäter, die das Ergebnis ihrer Berechnungen eine unumgängliche Reduzierung der Arbeitskräfte nennen. Die Computer, die emotionslos eine Kalkulation anstellen, die für soundso viele Menschen das Aus bedeutet. In ihrem Fall für drei. Ihn, Arthur Werdenau, und noch zwei andere.

Am ehesten ist seitens diverser Beschlussverfahren, Abfassungsphasen und Zustellfristen Schonung zu erwarten. Einige Tage? Der heucheltriefende Direktor hat sich sicherlich ausnehmend Zeit gelassen, bevor er mit dieser Hiobsbotschaft herausgerückt ist. Die eigene Umgebung hat dafür immer Verständnis und rechnet es aufs Sensibilitätskonto, dessen Inhaber man viel eher bedauert, als die, die von so viel Brutalität getroffen werden.

Und der Museumsdirektor kann das. Ein Mann von schmaler Statur, eine Eleganz in Person. Lebendig

und doch mit einem Hauch von rückwärts. Er beherrscht das traurigste Lachen auf dem Planeten und strahlt das Mitleid erregendste Fluidum aus, von dem alle rund um ihn ergriffen werden, wenn er es darauf anlegt. Selbst als er verkündet, es müsse bald mit einigen Mitarbeitern weniger weitergehen, tut so manchem unter den potentiell Betroffenen Leid, was dieser Mann, der feinfühlig und gelehrt ist, in ihrem Namen durchzumachen habe. Man wolle ihm das gern abnehmen, weil so etwas nichts für ihn sei, sondern eher für einen groben, einen hartherzigen Menschen. Für einen Manager.
Dieser Gedanke verunsichert Arthur, und er begründet diese Verunsicherung mit dem Umstand, dass er, Arthur selbst, kurze Zeit damit spekuliert hat, sich an die menschliche Seite des Obersten der oberen Ebene zu wenden. Aber er bekäme so jemanden ohnedies nur im Scheinwerferlicht zu Gesicht, dann, wenn der kaum etwas anderes sieht als eine Masse von schwarzem Nichts. Und der habe es außerdem auch auf ihn abgesehen. Also abhaken und weiterdenken.
Zu Hause angekommen hat Arthur Werdenau immer noch keine Idee, und nachts kann er vor Ideenlosigkeit nicht einschlafen. Er ist davon überzeugt, irgendwo unter seinen Möglichkeiten befinde sich eine Chance, weiß aber nicht, wo er sie suchen soll. Außerdem hat er keinen Schimmer, wie eine solche Chance aussieht und woran er sie erkennen könnte. Er liegt mit offenen Augen auf der Matratze, um in den Morgenstunden aus

einem kaum wahrgenommenen Schlaf zu erwachen. Aber zumindest weiß er Bescheid. Die Schlaflosigkeit und die Finsternis, das Bewusstsein um die völlige Teilnahmslosigkeit all der Leute, die um ihn herum in ihren Wohnungen in tiefem Schlummer liegen, die Einsamkeit und Stille, die all das hervorheben, was sich die restliche Zeit über hinter den plakativen Dringlichkeiten verborgen hält, weisen ihm einen Weg. Dieser Weg scheint ihm der einzig vorstellbare.
In dieser Nacht hat er offenen Auges eine Reise angetreten, ist liegengeblieben, über einen Zeitraum hinweg, in dem üblicherweise alles schläft, das Bewusstsein auf niedriger Stufe köchelnd, wehrlos gegenüber den Phantasien, einem Ideenreichtum ausgeliefert. Ein Bewusstsein, das tief Luft holt, um sich von der Malträtierung des Tagsüber zu erholen. Und während das alles durchs Zimmer zieht, im Tross dieser Regenerationsübung, ereilt ihn, der gar nicht schläft, sondern sich schlaflos in Gedanken wälzt, ein Geistesblitz. Keiner, der einen vorübergehend erleuchtet, als ob man zur richtigen Zeit am richtigen Ort stünde, keiner, der durch einen hindurch fährt und die Physiognomie zappeln lässt, oder wenigstens einen Moment lang weithin sichtbar macht, sondern eher eine Erkenntnisinfusion. Etwas, das allmählich in sein Bewusstsein kriecht, das im Gegensatz zu allem übrigen aufnahmebereit daliegt und nicht auf bedingte und wirre Kenntnisnahme zurückgestuft ist, sondern mit jener Hellwachheit funktioniert, die ihm zur Verfügung steht.

Arthur Werdenau erwacht und ist zwar kein neuer Mensch, sondern immer noch der alte, fühlt sich aber um eine Erkenntnis reicher, die ihm dabei behilflich sein soll, auch weiterhin derselbe zu bleiben. Er wäscht sich, trinkt eine Tasse Kaffee und weiß zu diesem Zeitpunkt bereits, es handle sich nicht um einen vorübergehenden Eindruck, keine traumhafte Schliere, die sich mit Seife abwaschen ließe und sich augenblicklich aus einer Vorstellung zurückziehen wird, sobald die erst einmal mit starkem Kaffee in Berührung käme. Alles bleibt hier und Arthur begreift, oder besser: Er kann nicht anders als zuzugeben, dass etwas in ihm vorgegangen ist. Er hat schließlich nicht angestrengt nachgedacht, keinen Lösungsvorschlag aus seinem Gedächtnisapparat gepresst. Vielmehr hat ihn etwas ereilt, wie einen medial begabten Menschen, der sich ganz der Natur offenbart, sich ihr ausliefert und zur Belohnung von dieser mit einer Eingebung ausgestattet wird. Einer Perspektive auf Allerweltsprobleme, wie sie nur jenem vergönnt sind, der am Rand der Besinnungslosigkeit spaziert, anstatt die Umgebung mit Vergrößerungsglas und Maßband zu erforschen.
Irgend etwas hat sich seiner angenommen, weil es soweit ist. Weil es Zeit ist, und er er ist, und eben doch irgendwo eine Instanz an der Arbeit sein dürfte, der daran liegt, gewisse Dinge zu beeinflussen. Er selbst, daran besteht kein Zweifel, wird das alles, sobald er genau weiß, worum es sich handelt, einen Gedanken nennen, eine logisch gefolgerte Maßnahme. Das, was zu tun bleibt. Arthur

Werdenau zieht sich an und macht sich auf den Weg ins Museum, um rechtzeitig seinen Dienst antreten zu können, und während er an diesem Tag mit dem breiten Besen über den Steinboden wischt, irritiert es ihn im selben Maße wie immer, dass hinter ihm geflüstert wird und man ihm viel *Vergnügen* wünscht, sobald er sich vordrängt und in den Saal mit der großen Installation tritt. Es irritiert und kränkt ihn ganz genauso, aber nunmehr fühlt er eine Idee in sich wachsen. Eine Idee, mit der bewiesen werden kann, dass es nicht so kommen werde, wie es kommen muss, und dass eventuell auch die bisherige Einschätzung nur irrtümlicherweise so ausgefallen ist, wie er sie bis zum heutigen Tage über sich ergehen lässt.

Fest steht, er werde sich nicht unter den drei Aufsehern befinden, die sich demnächst vom Dienst suspendiert wieder finden sollten. Definitiv nicht. Er nicht. Ganz egal, wen es trifft, ihn keinesfalls. Obwohl er zu den Jüngeren gehört, obgleich er sicherlich nicht die meisten Dienstjahre vorzuweisen hat. Er nicht, weil er sich zu wehren weiß. Weil er nicht abwarten wird, bis es ihn trifft, wie ein Pappmännchen, das in einer Reihe mit seinesgleichen über die hintere Wand des Schießstandes flugst. Solange, bis ein Schuss sitzt und es herunterholt. Irgendeiner trifft immer. Ob gewollt oder ungewollt.

Zeit zum Nachdenken hat er genug. Mehr als genug. Beim Wischen, auf seinen Runden, während der nicht geführten Gespräche. Beim Schweigen. Während er nicht aus dem Fenster sehen kann, weil das neue Museum keine Fenster besitzt. Nur in einem Raum, und der ist Mayerleebs Hoheitsgebiet. Des dienstältesten und wortgewaltigsten Aufsehers. Ein richtiges Zentrum. Um den herum schart man sich, der gibt den Ton an. Seine Anspielungen sind plump, werden aber als messerscharf bezeichnet, seine Beleidigungen prallen eigentlich ab, werden aber als vernichtend angesehen. Der, auf den Mayerleeb es abgesehen hat, ist erledigt. Auch wenn ihm eigentlich gar nichts geschieht. Er gilt fortan als jemand, dem etwas geschehen ist. Obwohl Mayerleebs Sarkasmus gar nicht zersetzt, gilt der, auf den dieser Sarkasmus abzielt, als aufgelöst, inexistent. Hinkünftig übersehbar.

Also gibt es für Arthur Werdenau keinen Zugang zum Fenster, keine Möglichkeit hinauszuschauen, und daher noch mehr Zeit nachzudenken, auszubrüten, um schneller zu wissen, was es für ihn zu tun gilt.

Nachdem er den Zugang zum Saal, in dem sich die Installation befindet, hinter sich geschlossen hat, zieht er die ersten Kreise über den Boden, als plötzlich, wie aus dem Nichts heraus, sein Name ausgesprochen wird. Arthur Werdenau fährt erschrocken herum, dreht sich und erkennt Rudofsky, den er bei Dienstantritt bereits vermisst hat, weil Rudofsky zu den wenigen gehört, die Arthur Werdenaus Guten Morgen-Gruß zu erfreuen scheint und die ihn erwidern. Rudofsky grinst und hält zur Erklärung eine Plexiglastafel hoch, die er offenbar in der Saalecke, neben dem

Schildchen mit dem Titel der Installation, ihrem Entstehungsjahr und, natürlich, dem ungerechtfertigter Weise so berühmten Namen ihres Schöpfers, montieren möchte. Zuweilen, wenn auch nicht sehr oft, werden Aufseher zu solcherart Diensten abkommandiert, was sie üblicherweise wie eine Zumutung auffassen, anstatt mit Erleichterung wegen der Abwechslung. Die wird ihnen dann mit einiger Verspätung doch klar, und dann zieht vorübergehend so etwas wie Fröhlichkeit in ihren Gemütern ein. Rudofsky befindet sich jetzt in einem solchen Zustand, weil ihm klar geworden ist, dass man ihm etwas zutraut, eine Form von Hängung, die präzises Augenmaß, Gefühl für Ausgewogenheit und einen sicheren Umgang mit Wasserwaage, Nägeln und Hammer voraussetzt. Er hat beschlossen, sich Zeit zu nehmen. Wenn es sein muss, mehr als genug. Der Auftrag ist ihm von Mayerleeb übertragen worden. Zu dem kommt man von oben und bittet ihn um solche Kleinigkeiten, die er, einem Beichtvater nicht unähnlich, großzügig aufnimmt und nach eigenem Gutdünken verteilt. Und Rudofsky hat es getroffen, weil es für den allmählich an der Zeit war, seine Loyalität wieder einmal unter Beweis zu stellen. Seine Willfährigkeit.
Arthur Werdenau muss sich ziemlich beherrschen, um weiterhin seinen breiten Besen über den Steinboden ziehen zu können. Innerlich kocht er. Eigentlich hätte er ebenfalls Grund, sich zu freuen, denn schließlich hat man sich dazu durchgerungen, einige Erläuterungen neben die Installation

zu hängen. Er hat zwar keine Ahnung, um welche Informationen es sich handelt, lässt sich auch keinerlei Interesse anmerken, verspürt aber deutlichen Unmut darüber, dass man ihm ankündigungslos irgendein Geschwafel hier hereinhängt. Wahrscheinlich soll der Text dazu beitragen, die Installation als Kunstwerk, als abgehoben, als von woanders und für woanders auszuweisen. So ein Text, stellt man sich wohl vor, wird keinen Zweifel mehr daran lassen. Hier stünde, wie man die ganze Sache zu verstehen habe. Schwarz auf weiß, und alles andere sei Hirngespinst. Spekulation eines unverbesserlichen Phantasten. Liebenswert aber dumm. Eigentlich nicht einmal liebenswert. Nur dumm.

Arthur Werdenau spürt etwas in sich hochsteigen, etwas wie Ärger, Zorn, Wut. Irgend etwas will aus ihm heraus, will entschlüpfen, ausbrechen. Der Moment. Die Idee. Arthur putzt und wischt sich in die Nähe von Rudofsky, der mit dem Rücken zu ihm vor der Wand kniet und ausprobiert, welche Entfernung zwischen Schildchen und Texttafel die richtige sei. Er tut das wie jemand, der mehr Freude am Tun hat als an einem unanzweifelbaren Ergebnis. Vielleicht würde es Arthur gelingen, die eine oder andere Zeile zu entziffern, bevor der Text montiert wäre. Möglicherweise wäre er in kleinen Portionen bekömmlicher. Er selbst könnte seine wie zufälligen Blicke als eine Art Kontrollinstanz auffassen. Als Arthur unmittelbar hinter Rudofsky angekommen ist, hebt er den Hammer auf, wundert sich über sein Gewicht,

und schlägt ihn seinem Kollegen so fest er kann gegen den Hinterkopf.
Beim ersten Hammerschlag, den man gegen einen menschlichen Schädel ausführt, ist es schwierig, den richtigen Kraftaufwand einzusetzen. Die meisten hauen zu fest zu, weil sie unter allen Umständen verhindern wollen, dass ihr Opfer möglicherweise gar nicht gleich getötet werde und noch irgendeine Beschuldigung loswerden könnte. Einen solchen Moment totaler Verlegenheit, in dem man, quasi als Antwort, lediglich noch einmal zuschlagen kann, will jeder verständlicherweise vermeiden. Also schlagen sie lieber zu fest, womit andererseits eine Schweinerei angerichtet wird, die nicht notwendig gewesen wäre. Das nächste Mal, so es ein solches gibt, machen sie es zumeist schon wesentlich besser. Wie man fast alles, zumindest vieles mit wachsender Routine souveräner absolviert. Vorausgesetzt, die Aufmerksamkeit bleibt erhalten und weicht nicht einer leichtsinnigen Gewissheit völliger Kontrolle.
Arthur hat so fest zugeschlagen wie er zuschlagen kann. Die ganze hintere Hälfte von Rudofskys Schädel ist eingehauen. Auf seinem Gesicht, das allerdings nicht zu sehen, weil zum Boden hin gedreht ist, hat sich der prüfende Ausdruck eingebrannt, den er annahm, um die Texttafel neben das Schildchen zu halten. Alles ist so schnell gegangen, dass ihm überhaupt keine Zeit geblieben ist, zu reagieren. Es ist sogar so schnell gegangen, dass Arthur keine Gelegenheit gehabt hat, mitzubekommen, was er im Begriff ist zu tun. Das soll die

Idee gewesen sein? Das hat in ihm geschlummert, und ist hier, beim Putzen, herausgekommen? Rudofskys Gehirnmasse läuft über den steinernen Fußboden. Blut, Gewebeteile, Knochensplitter, Haarbüschel. Ein Teil seines Schädels ist auf dem Hammer geblieben. Seine Hände umklammern immer noch den Erläuterungstext zur Installation, den ihm Arthur jetzt abnimmt, ehe das Plexiglas oder das Papier vom Blut, von der Gehirnmasse, vom Inneren von Rudofskys Schädel besudelt werden. Dabei geht es um Spuren und ein Gefühl für Ethik. Wie würde Arthur Werdenau einen blutigen Text den Insassen der oberen und obersten Ebene erklären? Augenzeugen. Es geht aber nicht ausschließlich um Spuren, denn das würde bedeuten, Arthur wäre bereits in der Lage, zu begreifen, was soeben geschehen ist. Was er getan hat. Dem ist beileibe nicht so. Nachdem Arthur sich von dem Schrecken, der vor allem ganz stark mit einem ersten solchen Hammerschlag einhergeht, erholt hat und sein Blick sich allmählich an die unzähligen, über den Boden verteilten Teilchen von Rudofskys Schädel gewöhnt, zumindest soweit, dass er schauen kann, anstatt wie entgeistert zu glotzen, begutachtet er Rudofskys Körper. Der ist im großen und ganzen unversehrt, sieht man davon ab, dass der halbe Kopf fehlt und über den Steinfußboden verstreut, oder eigentlich eher ausgegossen daliegt. Ansonsten ist alles in Ordnung. Die Kleidung gepflegt, etwas staubig an den Knien, durchgewetzt an den Ellenbogen. Durch den Schlag wurde die hintere Schädelhälfte

seitlich weggerissen, wodurch alles Innere herausgekommen ist. Rudofsky, der von alldem nichts geahnt und daher keinerlei körperlichen Widerstand geleistet hat, wurde ebenfalls zur Seite geschleudert, weswegen der Inhalt seines Schädels in diese Richtung spritzen musste.
Das Innere ist also nicht heraus geronnen, oder wasserfallartig hervorgequollen, sondern viel eher fontänenartig auf eine Seite geflogen und dort in Form einer Lache zum Stillstand gekommen. Arthur taucht den Hammer, auf dem sich Fragmente von Rudofskys Schädel befinden, in den Eimer mit Aufwischwasser, den er mitgebracht hat, um den Boden aufzuwaschen. Das Aufwischwasser verfärbt sich nicht rot, sondern Klumpen kommen an der Oberfläche zum Vorschein, die darin herumschwimmen, aber nichts mit Details eines menschlichen Schädels zu tun zu haben scheinen. Rudofskys hintere Schädelhälfte hat es weggerissen. So einfach ist das. Jetzt muss Rudofsky nur noch verschwinden. Spurlos und augenblicklich. Arthur denkt angestrengt nach.
Soeben hat er noch gewischt und gerne gewischt, obwohl er sich immer wieder über die erniedrigende Arbeit, diese Zumutung erregen kann, wenn anderswo herauskommt, dass so etwas zu seinem Aufgabengebiet gehört. Aber das Wischen selbst macht ihm nicht das Geringste aus, da es ihm, trotz aller Gegenwehr, sinnvoller vorkommt, eine Bodenfläche zu säubern, als durch menschenleere Ausstellungssäle zu wandern, innerlich unruhig, weil es heißt, drei müssten in Kürze ihre

Aufseherabzeichen abgeben. Weil das Wischen eine meditative Wirkung auf ihn ausübt. Die immergleiche Bewegung, bei der man sich an der Besenstange anhalten kann, als sei sie ein überlanges Ruder, ein Gondelruder, ein Fährmannsruder, das elegant ins Gewässer getaucht wird. Man wischt und der Besenkopf streichelt widerstandslos über die glatte Oberfläche des Bodens, und das verlangt nur ein Mindestmaß an Konzentration, weswegen die Gedanken ruhig abschweifen können. Viel besser als beim Herumspazieren, wo gar nichts passiert, man aber fortwährend den Eindruck erwecken muss, hellwach zu sein. Sprungbereit. Ansonsten wird nämlich rasch ein in sich gekehrter Wandelgang, ein Bummeln daraus. Ein Im-Kreis-Gehen, das nach außen hin auffällt. Während dem Wischen kann der Gedankenapparat auf Hochtouren arbeiten. Ungestört und aufgrund der geringfügigen Ablenkungsquelle mit allen hundert Prozent. Da kommen Ideen, die sonst im Verborgenen, im Ungeahnten schlummern. Da reifen Einfälle, Auswege, Verhaltensmöglichkeiten. Wie eben. Dass die einzige Möglichkeit eigentlich darin bestünde, einen dran glauben zu lassen.
Arthur Werdenau ist bei glasklarem Verstand. Als nächstes wird es darum gehen, Rudofskys Überreste verschwinden zu lassen. Jetzt muss improvisiert werden. Aber schließlich handelt es sich bei Arthur Werdenau nicht um einen professionellen Mörder, der kaltblütig plant und haargenau ausführt. Einen, bei dem von vornherein jede

Kleinigkeit, jede Eventualität bedacht, programmiert und mit dem dazugehörigen Verhalten versehen ist. Er hat aus dem Bauch heraus gehandelt. Die Idee hat bereits in ihm abgewartet, war allerdings noch nicht an die Oberfläche getreten, hat sich noch nicht auf einer Ebene gezeigt, auf der die Dinge für ihn Gestalt annehmen. Das mit Rudofsky ist eine Reflexhandlung gewesen. Eine Kettenreaktion von Sehen, Begreifen und Handeln. Selbstverständlich hat er nichts gegen Rudofsky einzuwenden gehabt. Im Gegenteil. Das ist einer der angenehmeren Kollegen gewesen, einer, von denen es mehr geben sollte. Gutmütig, verständnisvoll. Absolut nicht an Einfluss interessiert, aber jemand, der anderen ihre Allüren gönnt. Ein Vorbild an Toleranz und der Gabe, sich unterzuordnen, ohne das wie eine Erniedrigung aussehen zu lassen. Überhaupt nichts Gequältes. Eher eine fröhliche Bereitschaft, Überlegenheit anzuerkennen. Sich an die Regeln zu halten. Rudofsky ist zweifellos über alle Maßen beliebt gewesen. Bei denen, die ihn unterdrückt haben, und bei jenen, die wie er unterdrückt werden. Rudofsky hat das Gefühl vermittelt, an bestimmten Verhältnissen lasse sich nichts ändern und man täte daher besser daran, sie ganz einfach zu akzeptieren. Und jetzt liegt er da mit hinten abgeschlagenem Kopf. Der Schädel verliert dadurch alles, was vorher dazu beigetragen hat, dass von einem Aussehen gesprochen werden konnte. Einem bestimmten Ausschauen. Mit einem Mal liegt da eine Anatomie, die einen inkorrekten, einen unzulässigen

und entsetzlichen Anblick bietet. Ein Malheur. Eine grässliche Bescherung.
Arthur Werdenau zieht seinem Kollegen, dem er, einer inneren Eingebung folgend, den Hinterkopf eingeschlagen hat, das Hemd aus und wickelt es um den lädierten Schädel. Dabei handelt es sich um den unangenehmsten Moment. Arthur würde am liebsten wegschauen. Das lässt sich allerdings keinesfalls machen, weil es um eine der wichtigsten Maßnahmen geht, von welcher der gesamte weitere Verlauf abhängen kann. Und da geschieht es. Für einen einzigen Augenblick, einen kurzen, grauenhaften Augenblick sieht Arthur Rudofskys Gesicht und jene abwägenden Züge, die sich dort verfestigt haben, als wären sie mit Hammer und Meißel hineingezwungen.
Arthur Werdenau packt Rudofsky an den Füßen und schleift ihn, der nur noch eine geringfügige Blutspur, eine Hirnspur und eine Gewebeteile-Spur hinterlässt, zur schmalen Türe in der Wand hinter der Installation. Diese Türe besitzt weder ein Schloss noch einen Türgriff, sondern muss, um sie zu öffnen, zur Seite geschoben werden. Es handelt sich um ein flexibles Wandstück, das weggemacht werden kann. Ein Planer ist der Meinung gewesen, ein zusätzliches Kämmerlein, das sich ohne großen Aufwand verschließen lässt, könne niemals ein Fehler sein. Ist es auch nicht, denn somit steht Arthur ein funktionsloses Volumen zur Verfügung, das niemals jemand betritt, und das die gesamte obere Ebene, ebenso Arthur Werdenau, der findet, die Eindeutigkeit, die eindeutige

Albernheit der Installation werde von der dahinter liegenden Öffnung in Frage gestellt, verwünscht. Man kennt sich nicht aus, weiß nicht, ob sie dazugehört. Der konzentrierte Blick, der nichts im Weg haben will, wird gestört. Da nicht mehr ganz klar zu sein scheint, was alles hier Installation sein möchte, und was sich weiterhin damit begnügt, Einrichtungselement zu bleiben, sind die Argumente, die man gegen dieses berühmteste aller Kunstwerke auf Lager hat, irgendwie ihrer Drastik enthoben. Vielleicht geht es ja dahinter weiter. Vielleicht nimmt man die Sache doch nicht so ernst. Schließlich hat man das hier vor einer Wand abgestellt, auf der kein Blick in der Lage ist, seelenruhig zu verweilen, sondern gar keine andere Chance hat, als arg irritiert zu sein.
Als Versteck für den toten Rudofsky kommt der Raum ausgesprochen gelegen. Arthur Werdenau bringt den Körper seines Kollegen, der in sitzender Position, mit angezogenen Beinen gerade ausreichend Platz findet, in dem Kämmerchen unter. Er hat ihn in einen jämmerlichen Zustand gebracht. Rudofsky kauert mit eingebundenem Kopf in der engen Nische, als wäre ihm schlecht geworden und als wolle er von der restlichen Welt nichts weiter mitbekommen. Eine pubertär anmutende Kauerstellung, der das brutale und tragische Element eigentlich kaum abzulesen ist. Arthur schiebt die Türe zu, öffnet noch einmal, weil ein Zipfel von Rudofskys Hose sich zwischen Wand und Türe geklemmt hat, und nimmt sich vor, alles weitere ganz genau zu überlegen. Als

Rudofskys Anblick im enger werdenden Spalt verschwindet und das Licht mit dem Zuziehen der Türe verlöscht, denkt Arthur an eine Grabkammer. An einen vergreisten Herrscher, der in einer pompösen Grabanlage, von der außen Jahrhunderte später noch nichts zu merken sein soll, untergebracht wird.
Während Arthur Werdenau die Überreste von Rudofskys Schädel, dessen hintere Decke samt einem Großteil des Inneren und Fragmenten des Bewuchses mit dem breiten Besen zusammenwischt, denkt er darüber nach, inwieweit Rudofsky für ihn so etwas wie eine Funktion dargestellt hat. Nicht so sehr den liebenswerten Kollegen. Als solchen wird er ihn noch lange Zeit in Erinnerung behalten. Nicht Individuum mit eigener Perspektive, mit Geschichte, Geheimnissen oder einfach Aspekten, die man nicht über ihn wusste. Er ist einer weniger. Rudofsky bedeutet, nun würden nicht mehr drei, also Arthur plus zwei andere, sondern, neben ihm, nur noch einer den Dienst zu quittieren haben. Rudofskys Unglück sei es gewesen, im falschen Moment an der falschen Stelle zu sein, weil jeder Moment sich für jemand anderen als genau der richtige, jede Stelle sich als präzise ideal herausstellen kann. Mit anderen Augen gesehen.
Jeder ist gleichzeitig Hauptdarsteller, zentraler Charakter und verkörpert im selben Moment Hintergrund, Nebenhandlung. Bedeutende Nebenrolle, beispielsweise im Leben enger Freunde, Statisterie, wenn man davon ausgeht, alles drehe sich

um eine wildfremde Person, die zufällig in derselben Straßenbahn sitzt. Mittelpunkt im eigenen Film. Und jetzt hat sich die Kameraeinstellung eben geändert und Rudofsky, der dabei war, eine Abwechslung von seiner routinierten Beschäftigung zu vollziehen, ist aus dem Fokus verschwunden. Deswegen muss man nicht traurig sein, denn es hat keine zentrale Figur erwischt, sondern die jetzt zentrale Person, der neue Mittelpunkt hat seine Existenz verteidigt. Eine Art Bauernopfer. Aus Rudofskys Loge sieht niemand mehr zu, keiner blickt auf ihn, kann ihn überhaupt nur sehen. Ein tragisches Hintergrundgeschehen, das allerdings ausschließlich symbolischen Wert hat. Nichts, was wirklich ans Herz geht, weil jetzt alles anders verlaufen wird.
Rudofsky ist gestorben, damit es weitergehen kann wie bisher, und Arthur Werdenau säubert alles gründlich und bringt das rötlich und gelblich verfärbte Aufwaschwasser, in dem kleine Teile Menschenkopf schwimmen, hinaus, wo er es unauffällig verschwinden lässt. Nachdem die jeweiligen Routen eingeteilt sind, bittet Arthur sich fünfzehn Minuten aus, die Mannsfeld ihm auch gewährt. In dieser Zeit kehrt Arthur in den Saal mit der Installation zurück, überlegt eine Zeitlang und entschließt sich dann dazu, die Texttafel am anderen Ende der Wand zu montieren. Er hat die Worte gelesen, die einzelnen Sätze, sie nicht verstanden, aber beschlossen, sie, den Wünschen der Museumsleitung und Rudofskys Auftrag entsprechend, neben der Installation an der Wand zu

befestigen. Seinen ursprünglichen Plan, Verbesserungen im Text anzubringen beziehungsweise jedwede aufoktroyierte Interpretation wegzulassen, muss er aufgeben. Er kann etwas derartiges in dem Gewirr von Begrifflichkeiten nicht finden. Arthur fasst den Entschluss, alles wie gewünscht zu erledigen, allerdings entscheidet er sich dafür, den Text nicht neben dem Schild mit den wesentlichsten Informationen zu montieren, sondern, quasi als Pendant, auf der anderen Seite. Die theoretischen Überlegungen umklammern so gewissermaßen, was Arthur Werdenau und mit ihm alle Insassen seiner, der niedrigsten Ebene, und in Wahrheit auch weite Teile der oberen Ebenen, für einen kümmerlichen Versuch halten, jenen Gedanken, die im Nachhinein darüber angestellt werden, eine plastische Form zu verleihen. Das Werkzeug bringt er zurück in den Werkzeugschrank und beginnt seine Aufseherrunden zu drehen, ohne Unterbrechung, in Gedanken versunken, ob sich seine Tat irgendwie günstig darstellen lasse.
Da Arthur Werdenau aus keinem Fenster schauen kann, tasten seine Pupillen über die Kunstwerke. Besucher befinden sich keine in den Schauräumen. Er wandert durch die einzelnen Säle, die in sich von mobilen Stellwandsystemen strukturiert sind, wodurch der Eindruck entsteht, variable Zimmerabfolgen mit mehr oder weniger gleichen Raumeinheiten zu durchschreiten. Die Präsentation der Kunstwerke erfolgt nach chronologischen Gesichtspunkten. Mit Rücksicht auf

ihre stilistische Zugehörigkeit und dann nochmals laut des Datums ihrer Entstehung. Geometrische Malerei neben minimalistischer Plastik, Fotorealismus gemeinsam mit expressionistischer Skulptur. Arthur Werdenaus Pupillen betasten nur die Oberflächen, dringen nicht tiefer, denn er ist überzeugt davon, hinter ihrer Unscheinbarkeit nichts vorzufinden, was ihm weiterhelfen könnte, und er denkt darüber nach, wie es jetzt weitergehen soll.

Wieder eine schlaflose Nacht, Gedanken oder vielmehr eine Schlaflosigkeit, nachts, liegend verbracht. Bedingungslos ausgeliefert. Ohne Möglichkeiten, sich abzulenken, sich auf irgendeine Beschäftigung einzulassen. Dunkelheit auf der einen wie auf der anderen Seite. Offene Augen, geschlossene Augen. Für Arthur steht fest, er habe getan, was notwendig gewesen ist, und es gelingt ihm dennoch nicht, so etwas wie Zufriedenheit über seine Tat zu empfinden. Das beruhigt ihn, denn es kann nur heißen, dass es sich bei ihm um keinen klassischen Typus von Mörder handelt. Arthur ist bestenfalls jemand, der sich das Verhalten eines Mörders vorübergehend zu eigen gemacht hat. Etwas, dem dieser tagtäglich nachgeht. Problemlos, routiniert, weil alles, sein (Arbeits-)Leben, ein bedeutender Teil seines Denkens darauf ausgerichtet ist. Für Arthur ist es ein Ausflug gewesen, ein Schritt zur Seite, weil in seinem speziellen Fall konventionelle Argumente keinerlei Sinn haben. Damit würde er bestenfalls

höhnisches Gelächter ernten. Abschätziges Blickwerk für vermeintlich feiges Kneifen. Sich nicht ins Verliererschicksal fügen wollen. Unzufriedenheit über das Abonnement auf den letzten Platz. Den vordersten, sobald es um Nachteile geht.
Arthur bedauert, dass es Rudofsky erwischt hat, aber gerade diese Form der Nichtselektion, dieses Nicht-Überlegen, wer am besten subtrahiert werden soll, bestätigt ihm, er könne gar kein Killer sein, sondern habe eine Gelegenheit killermäßig genützt. Er ist selbst eine Art Opfer. Zweifellos nicht mit Rudofsky, dem Opfer ersten Ranges, zu vergleichen. Aber ein Ausführungsopfer, ein Opfer gezwungenermaßen. Er hat eines der wenigen Mitglieder der Kollegenschaft verloren, das nie gegen ihn aufgetreten ist, sondern ihn mit derselben Belanglosigkeit behandelt hat wie das in einem funktionierenden Arbeitsverhältnis vorteilhaft und begrüßenswert ist. Er hat jemand aus seiner Umgebung verloren. Diese ist fortan definitiv ärmer.
Rudofsky ist nicht sein Feind gewesen, er hätte lieber mehrere von seinem Typ um sich. So viele, dass einer mehr oder weniger nicht ins Gewicht fallen würde. Die Gelegenheit hat sich Rudofsky ausgesucht, die Obrigkeit hat seine Exekution angeordnet. Also liegt die Schuld bei ihr oder jenen, die in der obersten Ebene des Museums deponiert haben, so und so viele würden ihre Dienststelle verlieren. Müssten. Bei denen liegt die Schuld. Und zusätzlich noch in der Oberebene des Museums, weil dort letztlich entschieden

werde, welche Arbeitsbereiche dezimiert werden sollten. Der allerobersten Obrigkeit ist zweifellos nur daran gelegen, dass man sich einer gewissen Anzahl aus einer bestimmten, einer niedrigen Dienstklasse entledige. Ob Technikerlehringe, Tischler, Maler, Gehilfen ist denen egal. Das wird direkt unter dem Dach des Museums entschieden und unterstreicht die totale Verachtung, jenes Gefühl von Überflüssigkeit, das man seinesgleichen gegenüber empfindet. Am ehesten könne unter Mitarbeitern wie ihnen auf welche verzichtet werden. Vielleicht auch noch bei den Garderobieren und Postboten und Putzfrauen. Den Putzfrauen wird ohnehin permanent eingeredet, alles gehe mit fairen Mitteln zu. Jede Form der Behandlung sei irgendwie gut gemeint. Mit denen lässt sich das machen.

Und jetzt könne schon mal einer abgezogen werden. Auf Rudofsky, den Arthur in einem günstigen Augenblick – *günstig* in Bezug auf die Tat, aber auch auf Notwendigkeit und Gesamtsituation – erschlagen hat, und der jetzt in einem bis zu diesem Zeitpunkt unnötigen Kämmerchen mit eingeschlagenem Schädel sitzt, könne verzichtet werden.

In eben dieser Hinsicht ist die Sache für Arthur Werdenau allerdings noch nicht erledigt, und jegliche Frage von Schuld, von Verantwortlichkeit muss für später aufgehoben oder in zukünftigen Denkpausen behandelt werden.

An diesem Morgen fühlt sich Arthur Werdenau weit weniger aufgeladen, bei weitem nicht so angefüllt mit einem Verhaltensradius, innerhalb dessen es nur noch die richtige Gelegenheit mit der dazugehörigen Handlung zu identifizieren und auszuführen gelte. Er hat begriffen, dass eine Entwicklung ausgelöst worden ist, die auffallende Ähnlichkeit mit einem natürlichen Ausleseprozess aufweist. Rudofsky hat es erwischt, weil er in einem Moment, der für eine hinterrücks auszuführende Gewalttat geradezu ideal schien, zur Stelle gewesen ist. Weil Rudofsky ihm begegnet ist. Ihm, Arthur Werdenau, der sich für die Rolle, die Personifikation der ausführenden Instanz empfohlen hat. Daraus besteht sein Konvolut an Vorteilen. Die Anregung kam von ihm, er hat sich am schnellsten für eine Durchführung entschieden. Daher die Rollenverteilung. Jetzt müsse er sich noch profilieren. Bislang ist lediglich ein erster Schritt durchgeführt worden. In Bezug auf Rudofsky natürlich nicht *lediglich*, nicht in Bezug auf Rudofskys Frau, nicht für seine Angehörigen, seine Freunde, zu denen Arthur Werdenau sich rechnet. Aber *lediglich* in Hinblick auf das Ziel, das es anzustreben gilt, und das zu erreichen er Rudofsky und seinem Tod und seinen Verwandten und Freunden jetzt mehr denn je schuldig ist. Schließlich soll Rudofsky nicht umsonst gestorben sein, sondern um andere überleben zu lassen. Das würde seinem Tod einen Sinn verleihen und sollte die Erinnerung an ihn auszeichnen. Zumal die sich durchwegs in Köpfen ereignen würde, die nach wie vor im Museum ihren Dienst versehen. Einen Dienst, den etwas in ihnen nach wie vor verabscheut, etwas Intimes möglicherweise, für den aber der Rest, jene undefinierbare Differenz, die sich im Laufe der Zeit durchgesetzt hat, dankbar ist. Also würden sie sich mit nahezu sehnsüchtiger Miene an Rudofsky erinnern und meinen, er habe es wenigstens hinter sich.

Auf dem Weg zum Museum, auf dem es kalt ist, und der daher länger anmutet als sonst, über die quadratischen Steinplatten des Museumsplatzes, zwischen die anderen Gebäude, die hinter einer altertümlichen, das Moderne so gut es geht verheimlichenden Fassade errichtet worden sind, beschließt Arthur Werdenau, dass das, was er bisher getan hat, nicht als Fehler aufgefasst werden dürfe. Eine Unachtsamkeit vielleicht, zumal er den toten Rudofsky nicht für alle Zeit dort, in unmittelbarer Umgebung seiner Installation sitzen lassen könne. Momentan scheint die Situation vom Vorteil begünstigt, dass nahezu niemand dieses Werk besichtigt und auch die Museumsmitarbeiter einen Bogen darum machen. Im Schatten ihrer abstoßenden Kraft fühlt er sich vorübergehend geborgen. Aber das tote Gewebe würde alsbald verräterisch zu riechen beginnen, könnte neugierige Nasen anlocken, die zwar zweifellos auf einen Unglücksfall tippen dürften, allerdings einen, der offenbar nicht ans Tageslicht kommen soll. Ein Vertuschungsversuch, der stutzig macht. Eine Heimlichtuerei, der jederzeit böse Absichten unterstellt werden können. Das Klügste sei es, die Sache wie einen Unfall aussehen zu lassen. Eine

Katastrophe im musealen Bereich. Passiert ist schließlich schon lange nichts. Arthur kann sich an keinen einzigen Unglücksfall erinnern, in dessen Zusammenhang jemand ernstlich zu Schaden gekommen ist. Außer möglicherweise Bastürk. Das liegt allerdings schon Jahrzehnte zurück. Das muss während Arthurs erstem Jahr gewesen sein. Bastürk war auf eine Leiter gestiegen, was zu seinen routiniertesten Tätigkeiten gehörte. Er war einer der wenigen, der sich in eine Höhe von fünf Metern getraute. Und so hoch waren die herrschaftlichen Räumlichkeiten im alten Museum an ihren niedrigsten Stellen. Höher, Sonnen durchflutet und großzügig, anstatt mit allerlei Technik ausgestattet und abschreckend. Jedenfalls war Bastürk auf die mehrere Meter hohe Leiter geklettert wie häufig und plötzlich – manche meinten nachher, in einem Anflug von Irrsinn – herunter gesprungen. Das war nämlich im Grunde der entscheidende Aspekt. Alles sprach zwar offiziell von einem Unfall, einem verheerenden Missgeschick, die wenigen Augenzeugen versicherten aber nach Dienstschluss, in Wirklichkeit sei ein Absprung, ein willentliches Kopfüber zu spüren gewesen. Offiziell wagte niemand, das so darzustellen, und die Museumsleitung, die im alten Gebäude nicht auf einer höher liegenden Ebene, sondern lediglich in prunkvolleren Räumen untergebracht war, notierte zusammenfassend, Bastürk sei beim Versuch, eine Glühbirne einzuschrauben, aus einer Höhe von cirka fünf Metern gestürzt und habe sich – was als besonders *unerfreulich* bezeichnet

wurde – irreparable Schäden im Bereich einiger Dornfortsätze und des Hinterhauptbeines zugezogen. Eine Zeitlang überlegte man, ob man ihn in gemindertem Dienstverhältnis weiterhin beschäftigen sollte, entschied sich allerdings schlussendlich dagegen. Über Bastürk hatte man dann kein Wort mehr gehört, aber unzweifelhaft war er Mittelpunkt des ersten und wahrscheinlich tragischsten Arbeitsunfalls gewesen, den Arthur in seiner Dienstzeit miterlebt hatte.
In diesem Zusammenhang könne man möglicherweise noch Karsten Bornstedt erwähnen, aber das hat eigentlich immer schon als Geschichte gegolten. Eine, die man sich zwar häufig erzählt, die aber zu dem Zeitpunkt, als Arthur im Museum anfing, bereits als eine Art Legende gehandelt wurde. Bornstedt sei – aus Unachtsamkeit oder Böswilligkeit – um ein Haar von einer voluminösen Bronzeskulptur erschlagen worden, die unbedingt in den ersten Stock geschafft werden musste. Da sie sich für den Aufzug als zu groß erwies, blieb nur der Weg über die herrschaftlich breite Treppe im alten Museumsgebäude, aber die Transporteure waren zu wenige und die Museumsleitung bestand darauf, dass man ihnen zur Hand gehe. Unter den Museumsangestellten, die dafür in Frage kamen, bildeten sich rasch zwei Meinungen. Die einen, die darauf pochten, eine solche Hilfestellung stehe außerhalb des Dienstvertrages und müsse daher, bei allem Respekt, abgelehnt werden, und die anderen, als deren Wortführer Bornstedt sich hervortat. Die drängten darauf, die

Sache ganz einfach *durchzuziehen*. Im Hintergrund verlaufende Sympathien oder Justament-Standpunkte mögen dabei eine Rolle gespielt haben. Als der widerspenstige Teil der Museumsbeamten schließlich den Drohungen der Obrigkeit nachgab, wobei in Richtung der willigen Kollegen von *Verrat* und *Konsequenzen* die Rede gewesen sein soll – was mit *Muttersöhnchen* und *halbe Portionen* beantwortet wurde –, und man das Riesending über die Stiegen hievte, verlor dasselbe ungefähr auf halber Höhe jeglichen Halt und polterte zurück in die Eingangshalle. Bornstedt, der, hörbar schnaufend, von unten angepackt hatte, wurde bei dieser Gelegenheit sozusagen überrollt und dermaßen schwer verletzt, dass er den Dienst aufgeben und in Frührente gehen musste. Was die Skulptur betraf, so einigte man sich darauf, sie in der Eingangshalle zu postieren. Alle behaupteten im Nachhinein, das wäre ohnedies die beste Lösung gewesen.

Menschen wie Bornstedt kommen nie zu Besuch. Sie scheinen kein Interesse an den früheren Zeiten und ihren Protagonisten zu haben.

Ansonsten sind Arthur Werdenau keine erwähnenswerten Arbeitsunfälle bekannt. Hier und da eine kleine Blessur, eine Fahrlässigkeit, Übermut. Nichts Ernstes. Lappalien, wie sie überall vorkommen. Zumindest soweit es die Situation im Museum betrifft. Außerhalb, im Umfeld hat sich natürlich in all den Jahren eine ganze Menge Bemerkenswertes ereignet. Das beginnt zumeist mit Gerüchten. Irgendwer hat irgend etwas gehört, woraus geschlossen werden kann, dass der- oder diejenige in Wahrheit sogar. Natürlich hält das zunächst niemand für zutreffend, aber die Realität lehrt immer wieder, eine ganze Menge könnte tatsächlich stimmen.

So erschien Melanie Sternkopf eines Tages nicht mehr zum Dienst, und später erfuhr man, sie habe nach Dienstschluss im angrenzenden Park Minderjährige belästigt. Eine ganze Zeit lang. Alles weitere blieb im Dunkeln. Gerüchte waren schon vorher kursiert. Gerede, der Park sei unsicher, eine unheimliche, eine widerwärtige Person treibe dort ihr Unwesen. Soviel hatte man aus den Kindern herausgebracht. Mehr nicht. Melanie Sternkopf andererseits hatte zwar nie zu den Aushängeschildern der Belegschaft gehört, aber eine solche Ungeheuerlichkeit wollte man ihr deswegen noch nicht zutrauen. Sie schien eine durch und durch umgängliche Zeitgenossin. Einer der verschlossenen, in sich gekehrten Typen. Eine Verkörperung sanfter Schweigsamkeit.

Einmal hatte Arthur, der damals erst seit knapp zwei Jahren im Museum Dienst tat, die wesentlich ältere Melanie Sternkopf gefragt, worauf es denn eigentlich ankomme. Alles hatte mit einer nebensächlichen Frage begonnen. Soweit Arthur sich erinnerte, war es etwas übers Herunterlassen von Jalousien gewesen. Melanie Sternkopf tat das nämlich immer wieder, und Arthur verstand es überhaupt nicht, bis die erfahrenere Kollegin ihn darüber aufklärte, dass ansonsten die Sonnenstrahlen ungefiltert auf die Bilder

fallen würden, was unglaubliche Schäden nach sich ziehen könnte.
Was dann an den Schließtagen geschehe, hatte Arthur gefragt, weil da doch niemand Acht gebe, ob die Sonnenstrahlen ungebremst hereinkämen. Und so erfuhr er in seinem zweiten Dienstjahr etwas über die innere Philosophie des Museums. Über Aufmerksamkeit, die mit Präsenz zusammenhing, mit Abwesenheit, Unbekümmertheit. Dass bestimmte Angelegenheiten erst im Rahmen der eigenen Anwesenheit Brisanz erhielten. Dass man beispielsweise nicht vierundzwanzig Stunden Dienst tat, sondern bestenfalls vormittags und dann Pause und nachmittags sowie, einmal in der Woche, abends. Aber sobald man das Gebäude verlassen habe, müsse man sich frei und unbeschwert fühlen. Das sei immens wichtig, liege darin doch der Schlüssel dafür, am nächsten Tag, bei Dienstantritt, wieder die volle Aufseherkraft zu gewährleisten. Eine fürsorgliche Geste wie das Zuziehen der Vorhänge zum Schutz der Gemälde dürfe nicht überbewertet werden. Sicherlich resultiere sie in erster Linie aus einer vernünftigen Auffassung des Dienstes und der damit verbundenen Pflichten und Verantwortlichkeiten, andererseits gründe eine solche freiwillige Umsichtigkeit auf einem distanzierten Verhältnis. Er möge außerdem, um Gottes Willen, der Kollegenschaft nichts davon sagen, denn sie, Melanie Sternkopf, könnte sonst in den Ruf geraten, ein Sonderling zu sein. Das wäre aber gar nicht der Fall, sondern die Dienst tuende Frau Sternkopf unterscheide sich lediglich von der dienstfreien Melanie.

Für diesen Umstand lieferte sie dann auch selbst die Bestätigung. Eines Tages tauchte sie nicht mehr im Museum auf, und von diesem Zeitpunkt an hörte niemand mehr irgend etwas über sie. Zweifellos verschwand sie in einer dunklen Gefängniszelle. Man weiß ja, dass die Insassen Kinderschänder dort am allerliebsten haben. Die werden sogar von den überzeugtesten Verbrechern wie Verbrecher behandelt. Selbst die Gefängnispsychologen ziehen ihre weißen Mäntel aus und spucken sie an. Ihre ärztliche Menschenwürde, die der weiße Mantel repräsentiert, verbietet ihnen das nämlich.
Außerdem existiert da die Geschichte, die man sich nur noch selten und ungern über Wedding erzählt. Von ihrem Inhalt scheint nach wie vor etwas Unangenehmes auszugehen. Obwohl vieles ans Tageslicht gekommen ist, kann man nicht eigentlich davon sprechen, etwas habe sich geklärt. Diese Dinge versteht niemand. Aus dem Museumsalltag lässt sich über Wedding nichts Nennenswertes berichten. Vielleicht war er etwas humorvoller als der Durchschnitt. Früher soll er so etwas wie eine althergebrachte Aura von Kameradschaft ausgestrahlt haben. Ein Ehrgefühl. Er schritt mit einer gewissen Würde durch die menschenleeren Ausstellungsräume, und betrat einmal ein Besucher einen Schausaal der Sammlung, würdigte ihn Wedding nicht des geringsten Blickes.
Aufseher wie er dürften dafür verantwortlich gewesen sein, dass ihrem Aufgabenbereich früher tatsächlich so etwas wie Ansehen zukam. Menschen

wie Wedding erreichten das, indem sie den Eindruck erweckten, sich nichts aus allgemeiner Anerkennung zu machen. Vielleicht bedeutete sie ihnen tatsächlich nichts. Jedenfalls wird sie am ehesten dem zugesprochen, der vorgibt, keinen Wert darauf zu legen. Der die anderen erniedrigt, indem er durchblicken lässt, selbst auf keinerlei Schonung aus zu sein. Seine Unabhängigkeit begründet sich auf dem Umstand, dass ihm die härteste Gangart gerade willkommen ist.
Arthur Werdenau kann sich nicht genau erinnern, wieso Weddings Geheimnis schlussendlich entdeckt wurde. Er weiß nichts über die genauen Umstände, und im Grunde versteht niemand, woraus es bestand. Eines Tages erzählte jemand im Museum, er sei Wedding beim Spazierengehen begegnet. Irgendwo in einem der heruntergekommenen Außenbezirke. Dort, wo sich niemand freiwillig herumtreibt. Wo nichts ist außer aufgelassene Betriebe, Industrieruinen und moderne Nutzeinrichtungen. Spitäler, Kaufgelände, Bethäuser in avantgardistischem Stil. Das eigentlich Seltsame aber bestand darin, dass Wedding, der in einer Art Geistesabwesenheit den Kollegen nicht erkannte, auf diesem Spaziergang nur ein Bein hatte. Ein einziges Bein schaute unter dem Mantel hervor, steckte in Hose, Socke und Schuh. Rechts und links war Wedding auf metallene Krücken gestützt, die er gekonnt vorausschickte, um mit seinem Unterleib hintennach zu schwingen. Den Kollegen versetzte dieser Anblick in eine derartige Sprachlosigkeit, dass er keine Anstalten machte,

sich zu erkennen zu geben, sondern stattdessen in Deckung ging und solange starrte, bis Wedding aus seinem Gesichtsfeld verschwunden war.
Die ganze Sache ist nun schon mehrere Jahre her und die Geheimniskrämerei hat auch etwas mit einem Verdrängungsbedürfnis zu tun. Irgendwie zieht man es unter den Aufsehern vor, Wedding in einer verträglichen Erinnerung zu behalten, anstatt in Zusammenhang mit dem Unfassbaren, das im Zuge dieser Angelegenheit über ihn ans Tageslicht gekommen ist. Gekommen sein soll, denn Genaues weiß niemand, und wer es doch weiß, schweigt oder mischt Unwahrheiten unter die Fakten, auf dass ruhigen Gewissens vergessen werden kann. Auf alle Fälle ging es zunächst um die mutwillige Beschädigung eines großformatigen Gemäldes, von dem behauptet wird, es handle sich um eine Ikone der nordamerikanischen Kunst der sechziger Jahre.
Tatsächlich besteht dieses Werk vor allem aus einer riesigen orangenen Farbfläche. Auf diese hat der Künstler zehnmal dasselbe Sujet, das wohl ursprünglich ein Zeitungsfoto gewesen sein dürfte, abgedruckt. Zehnmal neben- und untereinander. Schwarz auf Orange, zwei Abbildungsstreifen desselben Motivs, und das nur auf einem Teil der Leinwand. Oben links beginnend. Der Rest orange. Leer. Farbig. In diese orangene Leere hatte jemand Weddings Namen geschrieben und darüber einen zynischen Fluch. Als hätte dieser würdevolle Aufseher alter Schule die Hirnverbranntheit besessen, sich auf diese Weise in die

Kunstgeschichte einschreiben zu wollen. Ikone hin, Ikone her. Wenn auch vielen unter den Museumsmitarbeitern, unklar bis in welche Ebene – und Ebenen gab es im alten Gebäude noch nicht, nur erster Stock und zweiter Stock und hohe und höhere Räume –, wenn auch irgend jemandem danach gewesen sein mag, irgendwo den eigenen Unmut zu verewigen, musste es als Beleidigung höchsten Grades aufgefasst werden, einen Aufseher mit der Beschädigung eines Kunstwerkes in Verbindung zu bringen. Und dann ausgerechnet den, dessen Name nunmehr wie eine Visitenkarte auf einer nordamerikanischen Kunstikone der sechziger Jahre zu lesen war.
Jedenfalls wurden Nachforschungen eingeleitet, in deren Zusammenhang man, unangekündigt, Weddings Wohnung durchsuchte, in der sich ein voll ausgestattetes Laboratorium sadomasochistischer Praktiken fand. Eine Strenge Kammer ungewöhnlicher Ausprägung. Unter den vielen Details, die seinerzeit über diesen Ort der Lust und des Schmerzes erzählt wurden, waren nur wenige im Gedächtnis geblieben. Metallene Hängevorrichtungen, medizinisches Besteck, Glasscherben auf allen Böden und selbst im Bett, sowie allerorts Fesselungsmechanismen und Utensilien, mit denen sich Wedding offensichtlich geknebelt beziehungsweise sowohl Augen wie Ohren verschlossen hatte.
Obwohl all das selbstverständlich genügt hätte, um Wedding ein für allemal loszuwerden, und sei es auch nur unter Androhung des Bekanntmachens

seiner Vorlieben bei den für ihn verantwortlichen Stellen – was ohnehin geplant war –, bestand der erschreckende Höhepunkt aus einem Koffer, den die Untersuchungsorgane in versperrtem Zustand unter Weddings von Scherben übersätem Bett vorfanden. Da er selbst jegliche Aussage verweigerte, wurde der Koffer gewaltsam geöffnet, wodurch eine Reihe von Arm- und Beinprothesen zum Vorschein kam.

Deformationsfetischismus nannten sie Weddings sonderbare Neigung, als dieser, nachdem er von den Behörden hart herangenommen worden war, gestand, es gehöre zu seinen Bedürfnissen, orthopädische Rehabilitationszentren zu besuchen, um sich in der Nähe von Versehrten und Prothesenträgern aufzuhalten. Der bloße Anblick und die Wunschvorstellung des Amputiertseins hatten ihn auf die Idee gebracht, sich am helllichten Tag mit einem nach hinten geschnallten Bein unter die Menschen zu mischen. Während des Dienstes stolzierte er durch die Museumsräume, in seiner Freizeit humpelte er durch die Straßen irgendeines Vorstadtbezirkes, wo ihn niemand kannte, und jene, denen er mit der Zeit vertraut vorkam, annehmen mussten, es handle sich bei ihm um einen an Gliedmaßen amputierten Menschen.

Diese Nachricht war natürlich ein starkes Stück. Niemand in der Kollegenschaft besaß den Mut, das zu glauben. Man hielt es für ein Komplott, eine Art Rufmord. Wahrscheinlich fürchtete man um das Ansehen des Aufsichtspersonals, sobald feststünde, bei einem aus ihren Reihen handle es sich um einen verabscheuungswürdigen Unmenschen. Man hielt das alles für kranke Phantasie. Zumindest solange, bis aus der Direktion und den Kreisen der Akademiker, Buchhalter und Bibliothekare die Kunde verlautete, man müsse sich darauf einstellen, die Angelegenheit Wedding als Tatsache aufzufassen.

Vor allem die Ausstellungskuratoren waren nun geradezu versessen darauf, die Geschichte für wahr, sogar für untertrieben zu erklären und mit all dem auszustatten, was eine skandalöse Aufdeckung benötigt. Von *selbst diktierter Strafe* und *psychopathologischer Annullierung der Wirklichkeit* war da die Rede, von *perverser Scheinwelt* und *zerstörerischer Fiktion*. Perspektiven, die man Wedding nicht zugetraut hätte und deren wissenschaftlicher Klang Respekt einflößte. Die Marketingabteilung, die sich zunächst geweigert hatte, den Sachverhalt zu bestätigen, sprang dann auf diesen Zug auf, in der Hoffnung, den unvermeidlich scheinenden Skandal wenigstens zu Werbezwecken nutzen zu können.

Allerdings überschätzte man dort einmal mehr die Medienwirksamkeit des Museums und die eigenen Überzeugungskünste, wenn es darum ging, etwas populär zu machen. Die Sache blieb links liegen, interessierte niemanden wirklich, da die Allgemeinheit darin lediglich die Bestätigung eines beliebten Vorurteils gefunden zu haben meinte. Dass nämlich bei manchen Menschen vieles möglich sei, was anderswo für unmöglich gehalten werde. Und dieses Sosein lasse sich zuweilen bereits an ihrer Beschäftigung ablesen. Die längst außer

sich geratene moderne und zeitgenössische Kunst wurde ohnehin nicht als die beste Gesellschaft angesehen. Daher mache man um bestimmte Zeitgenossen besser einen Bogen. Eine Ausweichkurve, ehe man in ihr imaginäres Gehege gerate, in dem Regeln herrschen, die ein Außenstehender nicht einmal in seinen kühnsten Alpträumen zu phantasieren imstande sei. Irrsinn. Gefahr. Brutalität.
Von Wedding selbst sah oder hörte man selbst redend vom ersten Tage der Untersuchung an nichts mehr. Über ihn umso mehr. Zumindest eine Zeitlang und dann immer wieder. Zweifellos verschwand er in der Gummizelle einer psychiatrischen Anstalt, aus der kaum jemand so schnell wieder zurückkehrt. Und wenn, dann nicht als der, der er vorher gewesen ist, sondern sozusagen neutralisiert. Von seiner ehemaligen, kranken Individualität befreit.
Aber ansonsten. Nein. Nichts. Die großen Tragödien stehen im Museum nicht an der Tagesordnung, und deswegen würde auch im Falle Rudofskys niemand auf einen kaltblütigen Mord tippen. Ein Unfall, eine Ungeschicklichkeit, die der dafür Verantwortliche zu verheimlichen versuchte. Lediglich die Spuren müssten beseitigt werden, und darum will sich Arthur Werdenau an diesem Tag kümmern.
Am Museumseingang trifft Arthur auf Annelie Geberth. Eine Aufseherin. Von diesen gibt es nur eine Handvoll, und Arthur hat immer geglaubt, dieser Handvoll mit Skepsis begegnen zu müssen.

Seiner eigenen Position zuliebe, in Hinblick auf seinen Ruf. Gleichzeitig fühlt Arthur sich allerdings zu den weiblichen Aufseherinnen hingezogen, weil die mit denselben komischen Augen angesehen werden, als hätten sie, wenn es mit rechten Dingen zugehe, hier nichts verloren.
Als Frau unter Männern verhält Annelie sich zurückhaltend und zuvorkommend, und das gefällt Arthur. Davon geht Wärme aus, wenn auch in seinen Augen feststeht, dieses Verhalten diene in erster Linie der Anpassung. Einer Anpassung an die Allgemeinheit, nicht an ihn. An die Mehrheit, dieselbe, die vehement bestrebt ist, ihn auszugliedern. Annelie Geberth hat das höchstwahrscheinlich noch nicht verstanden. Sie ist noch nicht auf die Idee gekommen, dass eine solche Anpassung beinhalte, ihn, Arthur Werdenau, als Außenstehenden zu betrachten. Überhaupt ist Arthur im Laufe der Zeit aufgefallen, die Ressentiments, mit denen viele Aufseher die Aufseherinnen behandeln, scheinen einer traditionellen Haltung entliehen und werden gar nicht unbedingt wirklich empfunden. Das meiste verliert sich in humorvollen Anspielungen, und Kolleginnen wie Annelie Geberth, die nicht auf den Mund gefallen sind, drehen den Spieß nicht selten um. Mit ihren spontanen, oftmals treffenden Bemerkungen und ihren kameradschaftlichen Manieren hat Annelie Geberth sich alsbald eine Position erarbeitet, von der aus sie zuweilen sogar dazu auffordern muss, die eine oder andere witzige Bemerkung auf ihre Kosten zu machen.

Und nunmehr grüßt sie Arthur schon von weitem und verbleibt in der zur Hälfte ausgeführten Bewegung, um ihm die Türe aufzuhalten, durch die sie soeben eingetreten ist. Dabei genügte es völlig, ihm zuzunicken, und den Vorsprung, den sie ihm gegenüber hat, mit ins Museumsinnere zu nehmen. Die schwere Türe würde zufallen, verbliebe einige Zeit im verschlossenen Zustand und würde erst dann wieder von Arthur aufgedrückt werden. Niemand wertet das als Unhöflichkeit.
Wie es ihm gehe, und ob ihm aufgefallen sei, was für eine Kälte Einzug gehalten habe. Arthur ist im Austausch von Liebenswürdigkeiten dieser Art eher ungeübt und bejaht nur zögernd. Unsicher, wie er in seine Antwort vor allem jene Zufriedenheit packen soll, die ihm ihre Frage bereitet. Als Aufmerksamkeit, Lebenszeichen. Auf alle Fälle. Und wie diese Antwort sich dann anhört, klingt sie für Arthurs eigene Ohren eher nach einem Rückzug in sich selbst, nach einem Verschluss, an dessen Außenseite gerade das Notwendigste abzulesen ist. Also heißt es: Nachsetzen, Kontern, aber womit bloß, da das mit der Temperatur bereits so unglücklich abgehandelt worden ist? Arthur nimmt Annelie zunächst die Türe aus der Hand, als befreie er sie dadurch von einer unangenehmen Last, für die ganz allein er die Verantwortung trage. Auch dabei entsteht in gewisser Weise der Eindruck, Arthur wolle vor allem sich selbst so schnell wie möglich aus einer Situation erlösen, in der jemand zu seinen Gunsten etwas auf sich genommen hat.

Die eigentliche Zufriedenheit zeigt man durch hemmungsloses Genießen, einen Zustand totaler Wunderbarkeit, in den man sich versetzt fühlt, und der vorübergehend über Maßnahmen der Erleichterung hinwegsehen lässt. Diese Augenblicke sind ohne Verzögerung tief einzuatmen und werden besser erst nächstes Mal mit vertauschten Rollen beantwortet, anstatt sie umgehend zu erwidern, indem die entgegengebrachte Liebenswürdigkeit so gering wie möglich gehalten wird. Abgekürzt. Natürlich geht man durch eine aufgehaltene Türe und widmet währenddessen die gesamte Aufmerksamkeit der Person, die einem das ermöglicht. Man hindert sie nicht an ihrem Verhalten. Man hindert sie nicht daran zu kommunizieren.
In der Folge stottert Arthur sich durch lose Höflichkeiten, Strandgut, das jeder herumliegen sieht und einfach nimmt, wenn ihm nichts Besseres zur Verfügung steht. Allerweltskomplimente, von denen er erwartet, mit ihrer Hilfe eine warme Atmosphäre herstellen zu können.
Als erstes fällt ihm dann aber ein, was er an Annelie Geberth am meisten verabscheut. Ihr Strickzeug. Annelie hat es sich zur Angewohnheit gemacht, in jeder freien Minute, das heißt, sobald kein Besucher sich in den ihr zugeteilten Museumsräumen aufhält, Strickzeug zum Vorschein kommen zu lassen und riesige Metallnadeln, klickend und klackend, miteinander zu kreuzen. Sie tut das allerdings nicht nur während der Dienstzeit, sondern genauso inbrünstig während der

verschiedenen Arbeitspausen. Vormittags, mittags, nachmittags, wenn die Aufseher sich in den Gemeinschaftsraum begeben, um ein mitgebrachtes belegtes Brot zu essen, fernzusehen oder die Zeitung zu lesen. Enthusiastisch über Sport und angewidert über Politik zu sprechen. Annelie isst keine Brote, sie wärmt sich auf dem winzigen Campingkocher im Aufenthaltsraum gebundene Suppen, Aufläufe auf pflanzlicher Basis oder Gemüseeintöpfe, die sie von Zuhause mitgebracht hat. Dann löffelt sie ihre Brühe und strickt.
Auch das betrachtet Arthur Werdenau als lächerlich. Möglicherweise einer ganz guten Überlegung folgend, aber insgesamt lächerlich. Das Plastikgeschirr, das mitgebrachte Töpfchen, das, ausgewaschen und leer, abends wieder mitgenommen wird. Lächerlich. Das Strickzeug bedeutet für ihn, im Gegensatz zu dieser Lächerlichkeit, eine aggressive Geste. Es entwürdigt den gesamten gemeinsamen Verantwortungsbereich.
Als ob hier jeder beliebige Mensch durchgeschickt werden könne, der ansonsten eben auf einer Parkbank säße und seiner eigenen Beschäftigungstherapie nachginge. Eine Hausfrauen-, Großmütterrolle. Mit dem Nebeneffekt, dass den wenigen, durch die Leere der Räume ohnehin verängstigten Besuchern der Eindruck vermittelt werde, sie kämen ungelegen. Im falschen Moment. Warum ausgerechnet jetzt? Auch wenn Annelie Geberth ihre Strickutensilien dann mehr oder weniger gekonnt in ihrer zumeist weiten Kleidung verschwinden lässt, aufsteht und tut, als habe sie die

ganze Zeit über auf einen Moment wie diesen gewartet, könne sich ein sensibler Besucher – und wer ist empfindlicher und mit sich selbst weniger im Reinen, als der Betrachter moderner Kunst – des Gedankens, seine Anwesenheit werde mit Argwohn betrachtet und sein Verschwinden sehnlichst herbeigewünscht, nur schwer erwehren.
Die obere Ebene dürfe aus Gründen wie diesen von derlei Privatkonzepten zur besseren Dienstzeitbewältigung nichts erfahren. Als ob mehr Besucher kämen, wenn die ganze Zeit über stillgestanden werde. Arthur hat sogar einmal versucht, Annelies Versessenheit aufs Stricken vor der Kollegenschaft gegen sie zu verwenden. Zum einen dachte er, sich selbst dadurch besser positionieren zu können, indem er die überaus große Distanz beschwor, die zwischen ihm und der Hausfrauenbeschäftigung liege, zum anderen traf es ihn wirklich tief, dass seinem Aufgabengebiet ein Image verpasst werde, das besage, man könne all das problemlos über die Ränder einer Lesebrille, die man zum Stricken aufgesetzt habe, hinweg absolvieren.
Die anderen Aufseher und Aufseherinnen reagierten allerdings mit derselben Ablehnung, die sie für Arthur Werdenaus Vorschläge und Anregungen gemeinhin parat haben. Man sei niemandem Rechenschaft schuldig, weder einem der wenigen Besucher, noch einem Bewohner der oberen Ebene. Kein Aufseher solle es sich einfallen lassen, zu glauben, er sei darauf angewiesen, wie seine Tätigkeit von irgend jemandem interpretiert werde. Ob nun Hausfrauenbeschäftigung oder

typisches Männerhobby. Wo liege der Unterschied? Wichtig sei schlussendlich die Eindeutigkeit und die Bereitschaft, sich nicht unterkriegen zu lassen.
Wie üblich ging die Sache so aus, dass der Versuch einer Meinungsbildung, sobald diesem eine negative Einschätzung durch die Allgemeinheit beschieden war, gegen denjenigen gekehrt wurde, der ihn unternommen hatte. Arthurs Tiefststand an Sympathiepunkten wurde noch einmal hinuntergesetzt. Ihm blieb nur zu hoffen, Annelie Geberth komme nichts von seinem Antrag zu Ohren. Und das dürfte auch nicht der Fall gewesen sein oder stieß bei ihr auf einen ausgesprochen souveränen Umgang mit solchen Dingen. Jedenfalls war ihr damals und ist ihr heute nichts dergleichen anzumerken.
Dieser Vorfall veranschaulichte Arthur einen weiteren Aspekt allgemeiner Sympathieverteilung. Für Arthur steht nämlich fest, seine erbarmungslos formulierte Charakteristik von Annelie Geberths entwürdigender Dienstauffassung hätte im Falle eines anderen Delinquenten, beispielsweise seiner selbst, unweigerlich Konsequenzen nach sich gezogen. Ernste Worte, hartes Durchgreifen und solange Stichproben, bis davon ausgegangen werden könne, dass ein für allemal Schluss damit sei. Sofern allerdings keine Absicht besteht, denjenigen, der eine Beschwerde provoziert hat, in Verlegenheit zu bringen, werden die allgemeinen Ansichten ganz einfach gelockert, die Richtlinien fürs Verhalten weniger starr ausgelegt. Und

der Inhalt der Anklage wird gegen denjenigen verwendet, der sie vorgebracht hat, wofür es, so gesehen, plötzlich auch ausreichend Gründe gibt. Schließlich steht ja mit einem Mal der, der etwas vorgebracht hat, mit leeren Argumenten da oder, anders gesagt, wer zuvor auf jemand anderen angelegt hat, befindet sich nunmehr selbst im Visier. Arthur Werdenau, der, als er davon Wind bekam, von sich aus und klarerweise bestrebt war, die ganze Angelegenheit herunterzuspielen, fiel außerdem auf, wie viele Insassen seiner Ebene gestrickte Accessoires bei oder an sich trugen. Schals, Mützen, Handschuhe, Fäustlinge. War das nun Einbildung, fortgeschrittener Verfolgungswahn, Paranoia? Aber irgendwo musste die enorme Produktion Annelie Geberths schließlich landen. Womit zumindest erwiesen schien, dass es ihr in erster Linie um die Tätigkeit ging, nicht so sehr um die Produktion von Kleidungsstücken.
Arthur hat sich im Laufe der Zeit mit diesem Aspekt Annelie Geberths oder irgendeines anderen Museumsbediensteten versöhnt, lächelt noch zuweilen, aber bereits wie jemand, der über zusätzliche Informationen verfügt und hinter die Kulissen blickt. Von der Mehrheit holte er sich übrigens die ihm wegen der ungerechtfertigten, der ahnungslosen Beschuldigung zustehende Abreibung. Ein paar harsche Worte mehr und die Betonung der Aussichtslosigkeit. Niemals werde sich etwas daran ändern, dass er, Arthur Werdenau, ein nicht hierher passender Mensch sei. Ein Außenstehender. An dieser Charakteristik, die als

Bestrafung gedacht ist, tröstet Arthur Werdenau die Erkenntnis, sich zumindest auf diesem Außenposten allmählich fest gesogen zu haben. Er gehört dazu, wenn auch als Schlusslicht, Nachzügler, Buhmann, Definition des Draußen, auf das man allerdings offensichtlich von Innen beständig blickt. Er hat ein Recht auf seine Abreibung und bekommt sie. Jemand anderen würden sie ignorieren. Ihn haben sie angehört, wahrgenommen und für das, was er gesagt hat oder besser: weil er es gesagt hat, zur Rechenschaft gezogen.
Seitdem verspürt Arthur eine seltsame Form der Sympathie anstatt einer Rachsucht für Annelie Geberth. Einen Hauch von Zuneigung, unter die sich so etwas wie Bewunderung mischt. Obwohl als Frau in einem Beruf, der bis vor kurzem, ob zu Unrecht oder nicht, als Männerdomäne gegolten hat, eigentlich benachteiligt, hat sie ohne viel Aufhebens eine beneidenswerte Position ergattert. Und das, obwohl sie es nicht darauf anzulegen scheint, sondern ganz einfach indem sie das getan hat, was sie eben tun wollte. Aus dem Handgelenk heraus. Klar, zweifellos, es ist zu einer Art Kampf, einer Auseinandersetzung um das Stricken gekommen, in der sie sich eben durchgesetzt hat, aber eigentlich ist das gar kein Kampf gewesen, nicht einmal eine Auseinandersetzung, sondern nichts als eine Disqualifikation seiner selbst, anhand der ihm die Allgemeinheit einmal mehr verdeutlichte, dass manche eben Zutritt haben und andere nicht. Und zwar lediglich deswegen, weil die einen die einen sind, und die anderen

die anderen. Ohne weitere Erklärung, weil eben niemand sich etwas daraus mache, sie unterschiedslos zu behandeln. Weil die einen keinen Fürsprecher haben.
Vielleicht würde Arthur Werdenau seinen Fürsprecher gerne in Annelie Geberth finden, die ihm soeben die Tür aufgehalten hat, obwohl er mehrere Schritte hinter ihr gegangen ist, und die jetzt das Gegenüber seines verlegenen Ichs ausmacht. Eines Ichs, das nunmehr von ihr aufgefordert wird, die Schwingtüre, die er ihr vorhin aus der Hand genommen hat, doch ganz einfach loszulassen, da es völlig unnötigerweise hereinziehe.
Tatsächlich bläst eiskalter Wind aus dem Hintergrund in die Eingangshalle, und Arthur hat sich instinktiv mit der freien Hand an den Kragen gefasst, um ihn enger um den Hals zu ziehen. Jetzt lässt er die Türe zufallen, und ein eloquenter Mensch, der allerdings gar nicht erst in eine solche Situation geraten wäre, würde diesbezüglich eine geistreiche Bemerkung hinzufügen. Arthur steht eine solche allerdings nicht zur Verfügung, also lächelt er nur. Er bemüht sich, sein liebenswürdigstes Lächeln zu lächeln und fühlt doch, dass ihm nur ein Grinsen gelingt. Eine blöde Grimasse, von der er lediglich hoffen kann, sie werde von der ihr zugrunde liegenden Absicht überschattet. Annelie Geberth antwortet mit einem gekonnt verständnisvollen Blick, einem, der gleichzeitig vermittelt, jeder habe eben woanders seine Stärken, wie auch, dass man sich ohnedies mitten im Austausch von Oberflächlichkeiten befinde und sie

daher gar nicht näher hinschaue. Er brauche sich also nicht erst zu bemühen. Allem werde mit Höflichkeit und scheinbarem Respekt begegnet, einer Art Waffe gegen Vertreter des Unterdurchschnitts wie ihn. Gelingt ein solches Verhalten, so ist die darin verpackte Überlegenheit grenzenlos.
Arthur bringt kein weiteres Wort heraus. Alles scheint ihm unsagbar. Ein Kompliment bezüglich Annelie Geberths Aussehen, ihrer Erscheinung kommt ihm unmöglich vor. In Wahrheit fürchtet er sich vor der Ausführung, die er zustande bringen würde. Bei Komplimenten wie diesen, die Ausstattung, Bewegungen oder ganz einfach das Gesamtbild, das man abgibt, zum Thema haben, hängt bekanntlich alles von der Art ab, in der sie vorgebracht werden. Ehrlich gemeintes Lob kann geradewegs zur Niederträchtigkeit werden, ironisches Veralbern zum dankbar angenommenen Kommentar, über den der Empfänger, selbstkritisch, innerlich dennoch den Kopf schüttelt, weil er sich eine solche Geschmacklosigkeit nicht erwartet hätte.
Stattdessen gehen die beiden schweigend zu den Umkleidekästen, und Arthur beobachtet, während er sich seines Mantels entledigt, wie Annelie Geberth Wollschal und Handschuhe ablegt und sich, anstatt des Aufseheroberteils, eine schwarze Strickjacke anzieht. Sobald ihre Blicke sich begegnen, also Annelie Geberths Blick auf Arthurs Blick, der die ganze Zeit über auf sie gerichtet ist, trifft, lächeln sie einander zu. Annelie lächelt gekonnt, indem sie ihre vollen Lippen leicht öffnet

und den Rest mit den Augen erledigt. Die Brauen heben sich, die Lider schlagen, und ein unerklärlicher, unsichtbarer Impuls geht durch Pupille, Iris, Linse, Hornhaut und Ziliarkörper. Arthur grinst. Etwas hilflos und, wie er nur hoffen kann, zumindest bemitleidenswert. Wie jemand, von dem etwas ganz Unerwartetes zu erwarten sein könnte. Ein stilles Wasser.
Da Arthur keinerlei Möglichkeit sieht, Annelie Geberths Verhalten zu deuten, zumindest nicht dahingehend, wie sie zu ihm stehe, beschließt er, die Sache vorerst auf sich beruhen zu lassen.

Als es ans Aufwischen geht, sind alle Gedanken Arthur Werdenaus wieder bei Rudofsky, um dessen sterbliche Überreste er sich an diesem Tag kümmern möchte. Exakten Plan hat er noch keinen, aber ein solcher wird ihm, seiner Meinung nach, angesichts des bedauernswerten Kollegen zweifellos einfallen.
Arthur denkt an schwarze Plastiksäcke, an Heizungsschächte, die er im nagelneuen Gebäude allerdings noch nicht hat auskundschaften können. Rudofsky werde verschwinden, weil er verschwinden müsse. Irgendwohin, wo er niemandem auffalle und wo ihn nie wieder jemand finden könne. Im alten Gebäude hätte es eine Unzahl von Möglichkeiten gegeben. Rudofsky hätte sich im weit verzweigten Keller mit direktem Zugang zur Kanalisation problemlos in Luft aufgelöst oder wäre nachts in der Gartenanlage verscharrt worden. Dort war alles morsch und die Kamine führten direkt in die Hölle.

Sobald er sich an den restlichen Aufsehern vorbeigedrängt, den Saal mit der Installation betreten und die Türe hinter sich geschlossen hat, fällt Arthurs Blick auf die tags zuvor montierte Texttafel. Arthur hat sie, entgegen Rudofskys Vorhaben, nicht neben dem Schild, das über den Titel der Arbeit und den Künstler – den berühmtesten aller Künstler – Aufschluss gibt, sondern, quasi als Gegenstück, am anderen Ende der Installationsarbeit angebracht. Nunmehr, unvorbereitet und mit den Gedanken woanders, ist er sich nicht mehr so sicher. Das Licht reflektierende Plexiglas zieht den Blick übertrieben stark auf sich. Die große und die kleine Tafel umklammern das Werk wie ein Anführungszeichen aus Plastik, mit dessen Hilfe man andeuten möchte, dass das, was man gerade gesagt hat, nicht so zu verstehen sei wie üblich, sondern im übertragenen Sinn. Das alles sieht entsetzlich aus und kann unmöglich so bleiben. Hat Rudofsky am Ende doch Recht gehabt, oder zumindest derjenige, von dem die Anweisung an Rudofsky ergangen war, die Tafel neben der bereits vorhandenen zu platzieren?
Davon kann keine Rede sein. Die eine Entscheidung scheint so unglücklich wie die andere. Am klügsten wäre es, den gesamten Text auf einer Tafel unterzubringen, und diese an der Stelle der jetzt lediglich Titel und Künstlernamen verkündenden zu montieren. Da hierfür offensichtlich die Bereitschaft fehlt, bliebe lediglich, die gegenüberliegende Wand für die Texttafel zu verwenden, womit dem Betrachter die Aufgabe zufiele,

sich nach mehr Information umzusehen. Ästhetisch ist da gar keine Diskussion notwendig. Und Arthur beschließt, sich um Hammer, Nagel und Wasserwaage zu kümmern, ehe er nach Rudofsky sieht. Im Fall des Kollegen würden diese paar Minuten nicht sonderlich viel ausmachen, obwohl ein derartiges Aufschieben unbedingt die Seltenheit bleiben müsse.
An das Werkzeug zu kommen, gestaltet sich als nicht besonders schwer, da es, entgegen der Vorschrift, von niemand bewacht wird. Würde nachher jemand zur Stelle sein, käme der nicht auf die Idee, Arthur, der sich auf einen spontanen Auftrag direkt aus der obersten Ebene berufen könnte, zurechtzuweisen, weil er ja im selben Moment sein vorhergehendes Fehlen zu erklären hätte. Als Arthur nach einigen Minuten wegen einer Zange, die er zuvor vergessen hat, zurückkehrt, ist immer noch niemand da.
Auf diesem zweiten Weg begegnet Arthur Tidow, und der sieht ihn an und dann blitzschnell wieder in eine andere Richtung, denn Tidow leidet unter nervösen Zuckungen. Man kann sich nie sicher sein, worauf seine Aufmerksamkeit gerichtet ist oder im nächsten Moment gerichtet sein wird, denn mitten im Gespräch scheint er sich plötzlich abzuwenden. Ein Gruß kann zur Folge haben, dass sich Tidow, anstatt den Grüßenden anzublicken, abrupt umdreht. Von Tidow droht Arthur Werdenau keinerlei Gefahr denn er scheint nur die wenigsten Dinge mitzubekommen. Keinesfalls, wie man glauben könnte, überhaupt nichts,

aber doch nur wenig zur Gänze, was nicht überraschen muss, da er sich ja zumeist selbst um jegliche Aufmerksamkeit bringt. Arthur nickt ihm also lediglich zu, obgleich eine Zange, die man ungerechtfertigt an jemandem vorbei trägt, plötzlich riesengroß ist und viel zu auffallend, um sie ohne weiteres in der Hand zu halten.
Aber von Tidow ist nichts zu befürchten, der ist harmlos, und Arthur kann Tidow gut leiden, wie er sich zu allen zwangsläufigen Außenseitern hingezogen fühlt, wenngleich ihn diese Zuneigung im Innersten abstößt. Denen genügt eine Behandlung, als erblicke man ein ebenbürtiges Gegenüber. Mehr wollen sie nicht. Verständnis und ein Benehmen, als ob weiter nichts sei. Sie selbst treten mit immensem Freundlichkeitspotential auf, weil sie von klein auf gelernt haben, dass es da etwas wieder gutzumachen, etwas auszugleichen gäbe. Arthur grüßt sogar mit einer schwungvollen Geste der Zangenhand, was ihm jene Bewegung ins Gedächtnis ruft, mit der er Rudofsky totgeschlagen hat.
Das Anbringen der Texttafel erweist sich als einigermaßen schwierig. Gewisse Voraussetzungen fehlen. Vor allem die Höhe ist schlecht zu bestimmen, da jemand abgeht, der entweder die von Arthur vorgeschlagene Höhe begutachtet oder aber seinerseits die Texttafel hält. Das Ergebnis ist nur einigermaßen zufrieden stellend, hat allerdings soviel Zeit beansprucht, dass Arthur schleunigst zur Werkzeugausgabestelle und hernach auf seine erste Runde muss. Für Rudofsky ist es zu spät,

den wird er sich irgendwann nachher vornehmen. Den Saalboden wäscht Arthur an diesem Tag auch nicht auf, was er für ganz und gar unnötig hält, da seit gestern niemand außer ihm hineingegangen ist. Zumindest niemand, der auch wieder herausgekommen wäre.

Während des Rundgangs bemüht sich Arthur Werdenau, wie immer, niemandem zu begegnen. Das lässt sich anstellen, denn jeder Aufseher hat sein eigenes Tempo zwischen der Raumabfolge und den eingelegten Pausen. Hält man sich strikt an den persönlichen Rhythmus, begegnet einem außer dem eigenen Schatten nur derjenige, der es bewusst darauf angelegt hat.
Arthur durchquert einen schmalen Gang, den man dem Werk eines offensichtlich geistesgestörten, einheimischen Künstlers gewidmet hat. Seine Arbeit besteht aus blutverschmierten Leinwänden, die der Meister mit altarhaften Aufbauten in Beziehung gesetzt hat. Auf den Altären liegen diverse medizinische Instrumente. Scheren, Pinzetten, Skalpelle, Knochensägen, eine Klistierspritze, Schläuche und Nadeln in unterschiedlicher Größe. Die präzise Anordnung folgt einem nahezu zwanghaften Prinzip. Das Ganze ist von einer bedrohlichen Lachhaftigkeit. Wahnwitziger Irrsinn, der sicherlich nur ausgestellt wird, weil man Angst davor hat, wie sich der Mann verhalten würde, wenn man es nicht täte. Andererseits handelt es sich dabei um eine jener umstrittenen Attraktionen, aufgrund derer, Arthur zufolge,

Museen wie dieses überhaupt aufgesucht werden. Wegen diesem Zeug kommen die Leute, verwünschen zwar anschließend die Verantwortlichen, kommen aber zweifellos wieder, zumindest um ihren Verwandten diese Verantwortungslosigkeit vorzuführen. Oder um sich zu vergewissern, dass sie ihren Augen trauen können.

Auch Arthurs Blick ist jedes Mal ergriffen. Von Abscheu und Ekel zwar, aber ergriffen. Eine magnetische Scheu lenkt seine Aufmerksamkeit scheinbar gewaltsam auf die empfindliche Konfrontation von völligem Chaos und unentrinnbarer Präzision. Ein Blick, der die Pupillen trocknet, Einblick in etwas gewährt, das als äußerste Möglichkeit, als Maximale fortwährend vorhanden sein muss. Beklemmend. Jenseits dieses Raumes endet Arthurs Revier.

Unmittelbar daran schließt sich ein weitläufiges Zimmer, auf dessen Boden eine riesige, fast die gesamte Fläche einnehmende Decke ausgebreitet liegt. Eine große Häkeldecke mit eingearbeitetem Muster, wie zur Zierde eines Giganten. Diese Decke liegt allerdings nicht flach auf dem Boden, sondern verbirgt eine Reihe von undefinierbaren Objekten, die sich wie geheimnisvolle Erhöhungen ausnehmen. Verschiedene Formen, nichts Geometrisches, sondern Buckel, Hügel und Unebenheiten. Der Betrachter sieht auf die wohlige Wärme sowie einen übertriebenen Zuhause-Begriff symbolisierende Decke und muss sich dennoch fragen, woher die eigenartige Erhebungen rühren, die von dem liebenswerten Material zugedeckt werden.

Arthur weiß, was sich darunter befindet, denn Arthur ist dabei gewesen, als die technischen Angestellten diese Installation eingerichtet haben. Zumindest hat er sie vom Nebenzimmer, von seinem Gang aus beobachtet bis sie ihn mit einer Bemerkung, die unter die Gürtellinie gerichtet war, weggetrieben haben. Außerdem hat Arthur, als sich einmal kein anderer Aufseher in diesem Zimmer befand, die Decke angehoben und nachgeschaut. Auf allen vier Seiten. Er weiß, dass sich einzelne Stofftiere, unbenennbare Kreaturen, die süß anzusehen sind, denen man aber dennoch nicht realiter begegnen möchte, unter der Decke befinden. Eine ganze Menge. In unterschiedlichen Größen. Zumindest Erwachsene möchten solchen Viechern nicht begegnen. Schon gar nicht, wenn sie eine ähnliche Entwicklung durchgemacht haben wie die Erwachsenen selbst, von dem Tage an, als die so etwas noch legitim mit sich herumtragen konnten, bis heute. Sie sehen sie auch nicht mehr gerne an. Es sei denn, all das an ihnen, was Kind geblieben ist. Dafür schämen sie sich allerdings, oder sie kokettieren damit.
Der Künstler, dem diese Installation zu verdanken ist, hat sich etwas ganz Besonderes einfallen lassen. Die stämmigen Museumsbediensteten, jeder einzelne mit einem phantasievollen Ungetüm unter dem Arm. Sie fühlten sich gedemütigt, während sie, einer exakten Skizze folgend, die Stofftiere auf die ihnen zugewiesenen Plätze legten. Sie fühlten sich nicht nur voreinander gedemütigt, sondern auch vor sich selbst. Und sie fühlten

sich beim Gedanken daran, bei dieser Tätigkeit beobachtet zu werden, gedemütigt. Lieber hätten sie ein Blockhaus errichtet, in karierten Hemden Schrauben angesetzt, eine Motorsäge angeworfen und einen mächtigen Baum damit umgehauen. Stattdessen standen sie da und platzierten niedliche Kreaturen, stritten sich über die auf der Skizze vorgesehene Nummerierung. Eine Auseinandersetzung, die jeder anhand seines Nächsten mit sich selbst ausfocht.
In ihren eigenen Augen waren sie tief gesunken. So sollte sie niemand sehen. Ihre Frauen nicht, ihre Kinder nicht und auch nicht die Stammtischkollegen und Sportskameraden. So wollten sie nur unter sich sein, wie eine unterlegene Mannschaft mit ihrer Wut und ihrem Schmerz ganz alleine bleiben möchte. Nicht einmal der Trainer hat in einer solchen Situation Zugang zur Kabine. Erst wenn die Tränen getrocknet sind, werden seine tröstenden Worte erhört, erst dann schmiegen sich die gedemütigten Athleten an seine wohltuend tiefe, ihre Verzweiflung lindernde Stimme.

In einer Ecke dieses Raumes sitzt Tidow mit herunterhängendem Kopf. Er hat Arthurs Blick nicht bemerkt oder ist ganz einfach nicht in der Lage, darauf zu reagieren. Üblicherweise lässt man sich etwas davon anmerken, wenn man angestarrt wird. Tidows Zustand kommt einem intensiven In-sich-gekehrt-Sein gleich. Er ist eine Art älter gewordenes Kind. Die verschiedensten Entwicklungen verlaufen nicht synchron. Körperlich altert er, obgleich auch in dieser Hinsicht nicht alles im Gleichschritt marschiert. Geistig vegetiert er dahin. Zweifelsohne hat er vieles gelernt, dieser Umstand war andererseits keineswegs ausschlaggebend dafür, auch das jeweils dazu passende Verhalten zu adaptieren. Seine nervlichen Störungen fungieren in diesem Durcheinander als Bindeglieder. Sie ziehen die gesamte Aufmerksamkeit auf sich. Entschuldigen. Hindern daran, alles detailliert zu analysieren. Wenn er sich unbeobachtet fühlt, macht Tidow einen niedergeschlagenen Eindruck. Er scheint sich das ganze Horrorszenario selbst vorzuspielen. Dem einzigen Zuschauer. Arthur glaubt, vorwiegend die Anwesenheit anderer Menschen lasse ihn dermaßen aus der Fassung geraten, dass er die Kontrolle über seine Bewegungen verliert. Tatsächlich scheint er dieselbe nie zu besitzen. Armer Tidow. Aber wenigstens die für ihn sprichwörtliche Fröhlichkeit muss mit der Anwesenheit anderer Menschen zusammenhängen, denn hier, alleine in dem ihm zugewiesenen Zimmer, macht Tidow einen alles andere als optimistischen Eindruck. Begegnet man ihm jedoch oder kündigt das eigene Hiersein an, kennt seine Freude darüber meist keine Grenzen. Er lächelt aus desolaten Gesichtszügen und, hat man sich erst einmal daran gewöhnt, mit einem liebenswert grotesk verzogenen Mund. Jetzt kauert er in der Ecke wie ein Spaßmacher nach dem letzten Witz, wenn ein ernster Lebensabschnitt ansteht und der Narr einsieht, dass er einer solchen Seriosität niemals gewachsen sein wird. Wofür man

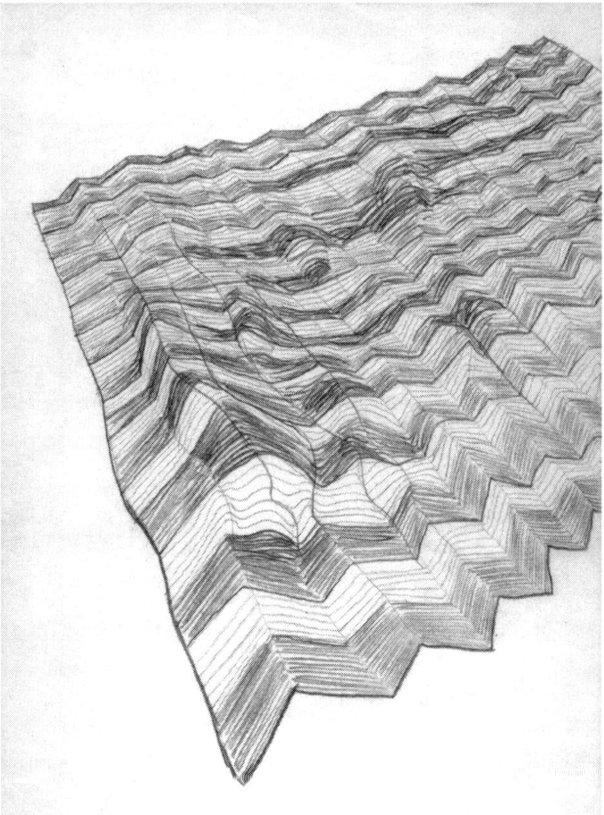

ihn eben noch bewundert und respektiert hat, wird in absehbarer Zeit Grund für Beschwerden und abfällige Blicke sein. Die Handflächen, die eben noch aufeinander geklatscht wurden, um ihm zu applaudieren, könnten sich schon bald in seinem Gesicht wieder finden, in dem sie empfindlichen Schmerz hinterlassen würden.
Während des Dienstes ist es nicht üblich, miteinander zu sprechen. Das kann als unausgesprochenes Gesetz bezeichnet werden. Worte fallen lediglich, wenn es etwas Unaufschiebbares mitzuteilen gibt, oder diese aus sonst einem Grund nicht zu verhindern sind. Statt eines Grußes nickt man einander zu, das aber eigentlich auch nur, sofern man sich an diesem Tage noch nicht begegnet ist. Arthur Werdenau nickt in Tidows Richtung, aber der bekommt davon nichts mit. Tidow stellt für Arthur Werdenau eine Ausnahme dar, und deswegen nickt er ihm jedes Mal zu, wenn er ihm begegnet. So reagieren viele auf Lebensformen, die ihnen bemitleidenswert vorkommen, in der Hoffnung, durch aufopferungswürdiges Verhalten, selbst einem solchen Schicksalsschlag zu entgehen. Das ist natürlich Unsinn, und die Beeinträchtigten wissen das. Sie wissen, dass, wer sich betont zuvorkommend gibt, einer solchen Beeinträchtigung gar nicht würdig ist. Dennoch können sie nicht anders, als den, der sich so viel Mühe gibt, zu mögen. Sie bemitleiden ihn und mögen ihn, weil sie in der Lage sind, sein Verhalten symbolisch zu verstehen und als Ausdruck einer grundsätzlichen Haltung anzuerkennen.

Als Tidow ihn dann bemerkt, winkt er Arthur zu, und das sieht aus, als versuche er, eine Fliege zu verscheuchen, die sich offenbar vor seinem Gesicht zu schaffen macht. Um Tidows Isolation zu lindern, ist Arthur Werdenau sogar bereit, ein paar andere Regeln zu brechen. Er betritt das Gebiet seines Kollegen, macht eine humorvoll abfällige Bemerkung über das eigenartige Kunstwerk und über die Situation, in die man zwei Kerle wie sie deswegen gebracht hat. Sehen wolle das ohnehin niemand. Und auch jene Besucher, die vollständigkeitshalber, irrtümlich oder aus sonst einem Grund ins Museum kämen, übersehen eine Arbeit wie diese geflissentlich. Als liefen sie Gefahr, jemanden eventuell in Verlegenheit zu bringen. Sich selbst, den jeweiligen Aufseher, der, ohne dazu beauftragt worden zu sein, jede minimale Reaktion des Betrachters registriert, als trage er sie im Innersten in eine Tabelle mit den verschiedensten Verhaltensschemata ein. Man weiß dann nicht, soll man interessiert tun, als mache das alles durchaus Sinn, auch diese Präsentationsform und das Aufgabengebiet des Aufsehers, oder gleichgültig, oder geradewegs überrascht, belustigt und unsicher, als ob man eigentlich gleich loslachen beziehungsweise den Kopf schütteln müsse. Die meisten entscheiden sich dann für die Gleichgültigkeit, da sie sich nicht abzuschätzen trauen, womit man die Aufseher eher in Rage bringt. Durch übertriebene Anteilnahme oder das routinierte Einsehen, hierbei müsse es sich um einen Ulk handeln, einen

Gradmesser, wie weit es mit allem gekommen sei. Wie weit bergab. Selbstverständlich.
Tatsächlich verfügen viele Aufseher, vor allem sofern ihr Verantwortungsbereich sie mit Kulturgütern konfrontiert, denen sie sich nicht gewachsen fühlen – und zwar nicht etwa, weil diese zu kompliziert, zu entrückt anmuten, sondern ganz einfach aufgrund ihrer scheinbaren Unernsthaftigkeit –, über ein verinnerlichtes Register jener Verhaltensformen, mit denen Besucher einer jeweiligen Arbeit gegenübertreten. Die Aufseher versprechen sich davon, selbst irgendwann Vertrauen zu gewinnen. Entweder zu ihrer eigenen, innersten Einschätzung oder in Bezug auf die exklusive Behandlung, die derartige Kunstwerke seitens der Gelehrten erfahren.
Tidow nickt nur vor sich hin und dazu wippt er mit dem ganzen Oberkörper. Er ist es gewohnt von Menschen wie Arthur Werdenau zuvorkommend behandelt zu werden und bemüht sich seinerseits, so wenig wie möglich aus dem Rahmen zu fallen. Arthurs Angebot, sich selbst und ihn wie zwei ebenbürtige Individuen, wie zwei normale Männer aufzufassen, nimmt er dankend an, und weiß doch, dass es zwischen ihnen einen großen Unterschied gibt. Eine Differenz, die in etwa dem gleichkommt, was das Betrachten eines der ausgestellten Kunstwerke von einer Lebenssituation unterscheidet, in die einen der Alltag ganz von alleine befördert. Er, Tidow, werde weiterhin das Bedürfnis auslösen, seine Physiognomie und seinen eigentümlichen Bewegungsapparat

anzustarren, ohne ihn etwas davon merken zu lassen, samt der peinlichen Überzeugung, ihn unbedingt behandeln zu müssen, als ob gar nichts wäre. Und Arthur würde besonders herzlich zu ihm sein, würde die üblichen Regeln aussetzen, als könne man sie Tidow nicht zumuten. Als handle es sich in seinem Fall um andere Voraussetzungen. Und Menschen, die einem so kommen, mag man. Man weiß, sie handeln nicht klug, kaum etwas an ihrem Verhalten kann richtig genannt werden, sie verstehen die Problematik von ihrem Wesen her gar nicht. Wären sie dazu in der Lage, und würden sie sich darüber hinaus auch noch entsprechend benehmen, empfände man wahrscheinlich so etwas wie Respekt. Möglicherweise sogar Bewunderung. Die liebevollen Gefühle hält man hingegen eher für eine Fehlerhaftigkeit bereit. Sie sind es, die davor bewahren, die Vorgehensweise eines Menschen ausschließlich nach objektiven Kriterien aufzufassen. Als benachteiligter Mensch käme das einer freiwilligen, einer wütenden Isolation gleich.
Nein, nein, trotz aller Irrtümer, trotz aller Schwierigkeiten, die ihm eine konventionelle Auffassung der Situation und das unweigerlich damit verbundene Verhalten bereiten, schätzt Tidow Arthur Werdenaus Bemühen. Er ist dankbar dafür, dass sich Arthur bereit erklärt, Gesichtspunkten für Ausnahmefälle zu folgen.
Als Arthur Werdenau Tidows Aufsichtsbereich verlässt, hat dieser allerdings immer noch nichts gesagt, sondern wippt, scheinbar in sich gekehrt,

vor sich hin. Dann plötzlich piepst es aus dem in die Wand integrierten Lautsprecher und Mayerleeb ruft Tidow in seiner dialektalen, kaum verständlichen Aussprache zu sich. Eine solche, unvorhergesehene Order kann nur mit einem speziellen Auftrag zu tun haben. Mayerleeb hat sicherlich irgendeine besondere Aufgabe, mit der er Tidow betrauen will. In einem solchen Fall wird das Aufsichtsgebiet des abberufenen Aufsehers zwischen jenen beiden Kollegen aufgeteilt, die in den jeweils angrenzenden Räumlichkeiten arbeiten. Arthur Werdenau fällt also der Raum mit der Häkeldecke und den darunter verborgenen Stofftieren zu, während von Cramm den benachbarten Raum vorübergehend dem seinen anreihen wird. Arthur sieht den schweigsamen Kollegen, wie er mit der geschwellten Brust eines Walfängers, der vom Bug seines Bootes aus auf den Wellengang blickt, im nächsten Raum inmitten einer Reihe von Fotografien steht. Auf diesen Fotografien ist jeweils ein und derselbe Mann, dessen Körper eine Art Bemalung aufweist, und der in eine nicht näher definierbare Tätigkeit vertieft scheint, zu sehen. Dieser, trotz oder gerade wegen ihrer Undurchschaubarkeit irgendwie abschreckenden Beschäftigung auf den Grund zu gehen, hat noch kein Aufseher je versucht. Darüber nachzudenken scheint einer Erniedrigung gleichzukommen. Verständnis wäre in diesem Fall so etwas wie eine Demütigung. Von Cramm zeigt sich lediglich einen Augenblick lang, womit klargestellt ist, dass beide begriffen haben. Arthur macht kehrt und

zieht sich in seinen blutigen Gang zurück und von dort in den großen Saal, in dem die Installation aufgebaut ist.
Während er über Tidows Spezialauftrag nachdenkt beziehungsweise darüber, wie lange dieser ihn in Anspruch nehmen werde, kommt Arthur mit einem Mal eine Idee, die auf den ersten Gedankengang einen hervorragenden Eindruck macht. Ein Blick in beide Richtungen versichert ihm, kein Besucher befinde sich in den Ausstellungsräumen. Von Cramm hat zweifellos ebenfalls umgedreht, um die ihm zugeteilten Räume zu durchstreifen, und würde sich nicht vor einigen Minuten an der Schnittstelle blicken lassen.
Möglicherweise gerade ausreichend Zeit, um Rudofskys Leichnam so nahe wie möglich heranzubringen. Zeit darf allerdings keine mehr verloren werden, denn möglicherweise handelt es sich bei Tidows Auftrag um eine Erledigung, die nach Dienstschluss zu absolvieren ist, und die ihm jetzt lediglich in knappen Worten erklärt wird.
Arthur Werdenau schiebt also die Tür zu dem Kämmerchen auf, und dahinter sitzt nach wie vor Rudofsky, als habe er bewegungslos abgewartet, bis jemand komme, um sich seiner erneut anzunehmen. Die Leiche sieht einigermaßen zurückhaltender aus als am Tag zuvor. Selbstverständlich immer noch ziemlich entsetzlich, aber weniger überwältigend, umwerfend, sondern, vom gestrigen Anblick her berechnet, verträglicher. Dabei spielt natürlich der Umstand mit, dass Arthur Werdenau Rudofskys Leichnam gestern ebenfalls gesehen und sich

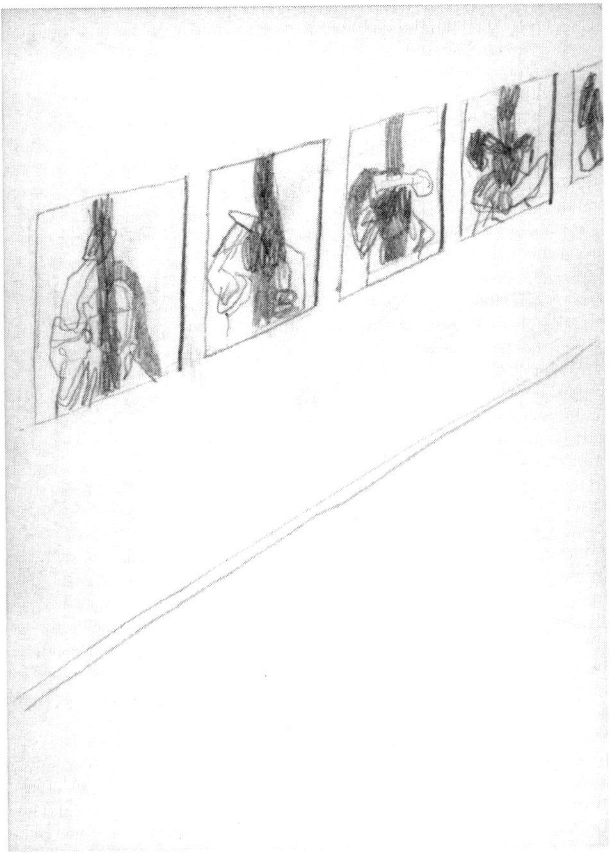

eine bestürzendere Wirkung erwartet hat. Außerdem ist das Blut inzwischen getrocknet und hat sich von einem Gefahr signalisierenden roten Farbton in ein vernachlässigtes Braun verwandelt. In eine Überfälligkeit, etwas, das es sichtlich bereits hinter sich hat.

Arthur knöpft Rudofskys Jacke, die er gestern über dessen nackten Oberkörper geworfen hat, zu und zieht die sterblichen Überreste, die er an Oberarmen und Schultern anpackt wie einen Sack Kartoffeln, der zu schwer ist, um aufgehoben und geschultert zu werden, durch den Saal, den angrenzenden Raum und bis unmittelbar in den Durchgang, der in Tidows vorübergehend unbewachten Bereich führt. Dort setzt er erstmals ab, lehnt den Oberkörper seines toten Kollegen gegen die Wand und gibt sich routiniert beaufsichtigend, bis von Cramm mit gleichmäßigen, lang gezogenen Schritten in sein Gesichtsfeld tritt, ihn mit seinem etwas überheblichen, zumindest aber an seiner Umwelt desinteressierten Adlerblick, dem dennoch nicht das geringste zu entgehen scheint, mustert und kehrtmacht.

Auch Arthur hat eine bedächtige Umdrehung angedeutet, hält allerdings unmittelbar hinter dem Türausschnitt inne, greift wieder zu Rudofsky und zieht ihn bis an das eigentümliche Kunstwerk, über dem die enorm große, gehäkelte Decke liegt, die gleichzeitig einen integralen Bestandteil der Arbeit ausmacht. Arthur Werdenau nimmt den Stoff an einer der Ecken und schlägt ihn mit einer kraftvollen Bewegung zurück, wodurch mehrere

Phantasiekreaturen aus Plüsch freigelegt werden. Sie liegen auf dem Rücken oder zur Seite gedreht, als hätten sie die ganze Zeit über geschlafen und wären keineswegs bereit, sich von diesem plötzlichen Zurückschlagen der Decke stören zu lassen. Ihrer Leblosigkeit kann nichts beikommen. Ein Dornröschenschlaf der Märchenwelt, jener Requisiten, die wehmütig an das Zeitalter einer legitimen Unbedarftheit erinnern. Ein ideales Versteck für Rudofskys Körper. Arthur schlägt die Decke ein weiteres Mal zurück, sodass er einige Schritte in jenen Bereich machen kann, der üblicherweise vom Stoff abgedeckt wird.
Ziemlich im Zentrum der Fläche, die das Kunstwerk beansprucht, liegt ein rosaroter, geflügelter Dickhäuter. Eventuell handelt es sich um ein irgendeiner drogenverseuchten Erinnerung nachempfundenes Nilpferd. Jedenfalls eine plumpe, kindsgroße Kreatur. Voluminös und jeden realen Zusammenhang ignorierend. Die folgenden Schritte absolviert Arthur ohne Schuhe und wie in Trance, gedankenfixiert und mit einer Präzision, die ihn selbst beeindruckt. Er wirft das Nilpferd in Richtung Ausgang, sodass es nach dem Aufkommen in den anschließenden Raum schlittert, hüpft aus dem Einflussbereich des Kunstwerks, dessen Motorhaube er sozusagen geöffnet hat, und lädt Rudofsky, dem er ebenfalls die Schuhe ausgezogen hat, auf beide Arme, wie man eine Braut über die Schwelle oder einen schwer Verletzten aus einer Gefahrenzone trägt. Rudofsky die Schuhe auszuziehen, kommt Arthur Werdenau

einigermaßen übertrieben vor, er hat allerdings zu wenig Zeit, um über derartige Details oder Notwendigkeiten mit sich selbst zu diskutieren. Er handelt ganz nach seinem Empfinden, und dessen Bedürfnis nach Harmonie zwingt den Aufseher in ihm, sich an gewisse Grundsätze zu halten. Schließlich hat die Aktion zum Ziel, seine Tätigkeit als Aufseher für die Zukunft zu gewährleisten. Irgend etwas macht ihn allerdings flüsternd darauf aufmerksam, möglicherweise einen Fehler zu begehen. Eine entscheidende Blöße. Vielleicht handelt es sich allerdings um jene Fehlerhaftigkeit, die einer an und für sich perfekten Idee erst das unverzichtbare Maß an Glaubhaftigkeit beschert.
Dort, wo das Nilpferd seit längerer Zeit ausgeharrt hat, drapiert Arthur seinen toten Kollegen, indem er ihm die Gliedmaßen abknickt, um eine möglichst geringe Ausdehnung zu erzielen. Danach verlässt er das Areal des Kunstwerks, nicht ohne die gehäkelte Decke hinter sich herzuziehen.
Einige weitere Schritte bringen ihn in den Übergangsbereich zum nächsten Raum, aus dessen einsehbaren Bereich er das Stoff-Nilpferd gerade noch mit einem satten Kick bugsiert hat. Hernach dreht er sich um, als wäre er soeben aus der anderen Richtung gekommen, nimmt mit von Cramm, der in diesem Moment auftaucht, um misstrauisch zu glotzen und umzukehren, Blickkontakt auf und schickt sich an, ebenfalls zu seinem Ausgangspunkt zurückzukehren. Stattdessen wendet er sich

allerdings, sobald von Cramm verschwunden ist, nochmals der gehäkelten Decke zu, zupft so lange, bis alles wieder wie vorher aussieht, begutachtet die etwas voluminösere Ausbuchtung, die Rudofskys Körper im Vergleich zu den Stofftieren verursacht und kommt zu dem Schluss, dass das niemandem auffallen werde.
Das Plüschtier findet schließlich in jenem Kämmerchen Unterschlupf, in dem zuvor der tote Rudofsky darauf gewartet hat, einen vorübergehend endgültigen Aufenthaltsort, seinen zukünftigen Fundort zugewiesen zu bekommen. Gefährlich ist Arthur Werdenau dabei nur jener schier endlose Moment vorgekommen, in dem er, ein grell farbenes, blödsinniges Nilpferd unter den Arm geklemmt, in den Saal mit der großen Installation zurückgelaufen ist. Hätte ihn dabei jemand beobachtet – egal ob verunsicherter Kunstliebhaber oder argwöhnischer Kollege –, wäre die ganze schöne Idee beim Teufel gewesen. Irgendwann wird Arthur Werdenau das Plüschtier endgültig verschwinden lassen. Rudofskys Schuhe verstaut er, in Ermangelung eines besseren Verstecks, und weil er erstens so schnell wie möglich machen will und, zweitens, irgendwie der Meinung ist, die Kammer nicht mit zwei zusammenhängenden Hinweisen belasten zu können, in der Lade des Tisches, der einen Teil der großen Installation ausmacht. Diese Vertraulichkeit verleiht der geheimnisvollen Wirkung dieses Kunstwerks, zumindest in seinen Augen, eine noch tief greifendere Bedeutung.

An einem Nachmittag, an dem die Schauräume des Museums für Besucher geöffnet sind, aber kein Besucher sich blicken lässt, beherrscht eine peinliche Stimmung rigorosen Unverständnisses die Sammlungssäle. Alles hängt bereit, die Bildoberflächen sehnen sich danach, betrachtet zu werden, X-Skulpturen drängen prall in die Umgebung. Die verschiedensten Installationen zeigen sich hintergründig verschlüsselt oder betont salopp, aber niemand ist da, um sich mit diesen Dispositionen auseinanderzusetzen. Die Räumlichkeiten atmen den Dunst von massenhaftem Desinteresse, von weltweiter Ignoranz. Wer dann doch kommt, schämt sich, zumindest wird ihm bedeutet, dass er sich eigentlich schämen sollte. Weil er sich nicht hinter dem Verhalten der Allgemeinheit verbirgt, sondern aus der Reihe tanzt, und geschieht das auch nur, damit er hernach mit frisch geölten Argumenten und soeben überprüften Indizien in die Auseinandersetzung eintreten kann.

An Nachmittagen wie diesen, an denen Arthur Werdenau durch die stillen, die menschenleeren Ausstellungsräume patroulliert, verspürt er eine gewisse Überzeugung, die ihm zu verstehen gibt, bei ihm handle es sich um den richtigen Mann für eine solche Aufgabe. Nicht etwa, weil ein bestimmtes Maß an Geduld und die Gabe, sich mit sich selbst zu beschäftigen, vonnöten sind, sondern weil er über das entscheidende Verhältnis zu den verschiedenen Werken, zur Gesamtheit der Kunstwerke verfügt. Bei ihm trifft sich eine vorsichtige Distanz, wie er sie auch gegenüber der eigenen Person empfindet, mit einer tiefen Überzeugung, die mit einem Gefühl unbedingten Überlebenswillens oder einem Pflichtbewusstsein zu vergleichen ist. Zweifellos schätzt er die Kunstwerke mehr als die Künstler, die sie hervorgebracht haben, mit denen er allerdings nicht konfrontiert wird. Glücklicherweise. Vergleichbar hat er nach einem reichlich unbequemen Annäherungsprozess zu einem friedlichen Auskommen mit dem Museum gefunden, keineswegs aber zu Gefühlen von Sympathie oder Verständnis für die in ihm sich tummelnden Individuen, vornehmlich der leitenden Schicht. Er schätzt den Betrieb, die Gesamtheit, die den Betrieb funktionieren lässt, wie er den Künstlern ihren merkwürdigen Platz zubilligt. Fallweise ist er mit dem, was sie hervorbringen, einverstanden, allerdings aus gänzlich unterschiedlichen Gründen.

Nach exakt zweihundertzehn Minuten erscheint Freiberger im Türrahmen zum Saal mit der großen Installation und nickt Arthur Werdenau zu, als gelte es, ihn an eine geheime Abmachung zu erinnern. Dieser verschwiegene, für einen Aussenstehenden möglicherweise verwirrende Dialog bedeutet nichts anderes, als die Aufforderung, die Arthur zustehende Mittagspause zu absolvieren, während deren Dauer ihn Freiberger vertreten werde.

Arthur geht also ab. Den kürzesten Weg bis zum Stiegenabgang und dann durch das in allen Geschoßen gleiche Stiegenhaus hinunter. Eine Türe

im ersten Halbstock verspricht *Nur für Personal* und wird deswegen von Arthur benutzt, um sich in den Aufenthaltsraum des Aufsichtspersonals zu begeben.
Dieser Raum stellt sich als klassenzimmergroßes Geviert dar, in dem einige mittelgroße Tische untergebracht sind. Im Zentrum stehen ein paar dieser Tische eng beisammen, um eine Art Tafel zu schaffen, der Rest ist vereinzelt im hinteren Bereich des Raumes verteilt. Der Bereich ganz vorne ist verkachelt und mit Waschbecken, Kochplatten und Kühlschrank versehen. Auf einer dieser Kochplatten befindet sich eine Kasserolle, in der etwas köchelt und dabei milden Geruch nach Vorgärten und Blumenbeeten verursacht. An der Tafel sitzen Mayerleeb, der, die Hände über seinem voluminösen Bauch verschränkt, eingenickt ist, und von Cramm, der, eine Zeitung vor sich aufgeschlagen, in periodischen Abständen seinen Habichtsblick die Runde machen lässt. Als überprüfe er, ob alles noch so aussehe, wie es ihm gerade eben noch erschienen ist. In einigem Abstand, dazugehörig, aber nicht eben direkt daran beteiligt, sitzt Annelie Geberth, und in ihren Händen gehen zwei Stricknadeln, die in blauen und grünen Stoff geflochten sind, unbekümmert aufeinander los. Sie ist die einzige, die von Arthur Werdenaus Eintreten Notiz nimmt und schickt ihm ein herzhaftes Lächeln entgegen, von dem Arthur nicht weiß, wie er es aufnehmen soll. Von Cramm ist in seine Lektüre vertieft. Er wird erst bei seinem nächsten Kontrollblick mitbekommen, dass sich etwas verändert hat.

Arthur setzt sich an einen der Tische im hinteren Bereich des Raumes und holt ein belegtes Brot aus der Jackentasche, das er vorsichtshalber in Folie eingewickelt hat. Eine entsprechende Antwort auf Annelie Geberths Lächeln gelingt ihm nicht, obgleich er sich im selben Moment bewusst ist, dass das im Grunde einer Unterlassung gleichkommt, die er keineswegs gewollt hat. Eine, die nicht seinem Willen entspricht, sondern aus purer Unfähigkeit zustande gekommen ist. Möglicherweise fürchtet er, ihm gelinge wieder nur ein Grinsen, oder er hat vorgehabt, etwas zu sagen, die richtigen Worte allerdings nicht gefunden. Irgend etwas davon muss es gewesen sein. Jetzt ist es jedenfalls vorbei. In gewisser Weise verspürt Arthur sogar Erleichterung. Nicht weil er gerade in das belegte Brot beißt und alle Zutaten erkennt, die er dafür aufgewendet hat, sondern weil alle mit Annelie Geberth und ihrer Person und seiner Zuneigung oder Hoffnung oder irgendwelchen Versprechungen verbundenen Erwartungen endlich aussehen, als seien sie in unüberbrückbare Unerreichbarkeit gerückt. Als sorge er selbst dafür, das er nicht einen Schritt, eine Unglaubwürdigkeit, eine Wunderbarkeit weiterdenken muss, um etwas vorzufinden, dass er vorher und jetzt nicht für möglich gehalten hätte.
Nunmehr hat alles seine Richtigkeit. Sie sitzt dort, er sitzt hier. Für sie köchelt es, er beißt in das, was er sich selbst zubereitet hat. Ein quietschendes Geräusch, das von Annelie Geberths zurückgeschobenem Stuhl ausgelöst wird, schneidet diese

Gedankenfolge abrupt ab. Der fahrige Ton schlägt ein neues Kapitel auf, denn Annelie ist aufgestanden, um sich die Brühe, die offenbar ihre Zeit abgesessen hat, zu verabreichen. Das Strickzeug hat sie vor sich hingelegt, zurückgelassen, was von Cramm mit einem schrägen Blick zu Kenntnis nimmt.
Arthur Werdenau beißt ein weiteres Mal zu und betrachtet währenddessen Annelie Geberths anmutige Gestalt, die er sich unter ihrer weit geschnittenen Kleidung vorstellt. Seiner innersten Überzeugung zufolge hantiert da ein graziler Körper, kleinwüchsig und doch wohlproportioniert, zart und dennoch unbestreitbar vorhanden. Er weiß, von solchen Physiognomien geht eine Gefahr aus. Eine Gefahr, die allem innewohnt, dem man mit Wohlwollen gegenübersteht. Die Gefahr einer unberechtigten Euphorie, einer Übertreibung, eines Luftsprungs samt unglücklicher Landung. Arthur schließt die Augen, als konzentriere er sich vollends auf den raffinierten Geschmack des belegten Brotes. Und das tut er auch. Er versucht die einzelnen Geschmacksstränge der Komposition zurückzuverfolgen und sich die jeweilige Quelle bewusst zu machen. Das scheint ihm der einzige Weg, um über etwaige Korrekturen beziehungsweise Bereicherungen des Belags Klarheit zu erlangen. Eine solche Übung erfordert Konzentration. Keinerlei Ablenkung. Ein In-sich-vertieft-Sein anstatt eines Sich-der-Außenwelt-Überlassens. Aber eben die ruft ihn ganz plötzlich zurück. Plötzlich, aber so entschieden,

dass Arthur, ohne sich das ausgesucht zu haben, aus seiner meditativen Haltung aufschreckt.
Vor ihm steht Annelie Geberth mit dampfendem Teller und erkundigt sich unkompliziert und ohne einem etwaigen Widerspruch eine Chance einzuräumen, ob sie an seinem Tisch Platz nehmen dürfe. Arthur nickt, ohne Gelegenheit, darüber nachzudenken, ob er seine Zustimmung geben soll oder nicht. Möglicherweise aber auch deswegen, weil er ahnt, dass er ein solches Verhalten von Annelie Geberth, jenseits jeglicher Erwartung, gewünscht und gleichzeitig lieber darauf verzichtet hätte.
Ein mit vorher vergleichbarer fahriger Quietschton beendet Arthurs vorübergehende Ausgeglichenheit und versetzt ihn erneut in jene Ausnahmesituation, die sich seiner beim Eintritt in den Aufenthaltsraum und der Erkenntnis, Annelie Geberth befinde sich bereits darin, angenommen hat. Während sie ihre Suppe lobt und er, als ob das die normalste Sache der Welt wäre, an dem kaut, was er von seinem Brot abgebissen hat, fällt sein Blick auf Annelie Geberths Strickzeug, das sie an ihrem vorhergehenden Platz zurückgelassen hat. Arthur deutet das als gutes Zeichen, möglicherweise aber nur, weil nichts anderes in Sicht ist, das als positiv gedeutet werden könnte, und er eines optimistischen Schubes bedarf.
Seinen Blick wendet er erst wieder ab, als er von Gramms Adleraugen verspürt, die sich von der Zeitung erheben und ebenfalls auf Annelie Geberths leeren Platz fallen, als hätte er das

Gefühl gehabt, hier wäre eben noch jemand gesessen. Sobald Arthurs sehnsüchtiges Schauen auf von Cramms zwanghaftes Kontrollbewusstsein trifft, lenkt Arthur seinen Blick umgehend in eine andere Richtung, egal wohin, wenn es sein muss auf Annelie, die gerade wieder einen rauchenden Löffel zum Mund führt und zufrieden zu sein scheint, heiße Suppe löffeln zu können.
Gespräch entwickelt sich keines, und darüber ist Arthur einigermaßen froh. Jeder hat ja seine eigene Beschäftigung mitgebracht, und man sitzt nicht hier, um sich zu unterhalten, sondern man sitzt bestenfalls nebeneinander, um die Mittagspause zu verbringen. Vielleicht würde doch noch ein Gespräch daraus werden, aber gerade als Arthur Werdenau keine andere Möglichkeit mehr sieht, als irgend etwas zu sagen, geht die Türe mit einem Mordslärm auf und Stasny, Grumiller und Freiberger drängen mit allerhand protzigen Sprüchen herein. Ein Blick auf die Uhr zeigt Arthur, dass sie noch gar nicht an der Reihe sind, und er weiß, jeder der Anwesenden, es sei denn, er schlafe oder lese in der Zeitung, wäre imstande nachzuvollziehen, was in seinem Kopf vorgeht. Andererseits hat er sein Brot bereits aufgegessen und tröstet sich damit, dass er auf die Gesellschaft dieser drei, die sich bereits um die Tafel versammelt und Mayerleeb geweckt und zu einem Kichern veranlasst haben, keinerlei Wert legt. Mit einem *Also dann* verabschiedet sich Arthur Werdenau von Annelie Geberth, die ihre Suppe ebenfalls ausgelöffelt hat und ja vielleicht noch ein gutes Wort für ihn

einlegen könnte. Die drei würdigen ihn jedenfalls keines Blickes, nicht einmal Freiberger, der ganz einfach seinen Posten verlassen hat und ihn, Arthur, dadurch zwingt, seine Mittagspause um nahezu die Hälfte zu verkürzen. Zweifellos findet Freiberger es nicht der Mühe wert, ihn um irgend etwas zu bitten, da Arthur ja ohnehin bald nicht mehr da sein werde und von dieser Perspektive aus gesehen in diesem Moment zweifellos er, Arthur, und nicht Freiberger ungerechtfertigter Weise fehlen dürfte.

Andererseits kommt die Unterbrechung nicht ungelegen, da sich eine Unterhaltung mit Annelie Geberth nicht länger hinausschieben ließe. Arthur handelt sich zwar auf diese Art einen demütigenden Abgang ein, denn keinesfalls würde es Annelie einfallen anzunehmen, hier herrsche wortloses Einverständnis, um eine Konversation, die ihn von unattraktiver, wortkarger, dumpfer und tatsächlich gedemütigter Seite zeigen würde, kommt er allerdings herum. Unmittelbar vor Verlassen des Raumes blickt er sich noch einmal nach Annelie Geberth um, aber die befindet sich bereits wieder auf dem Weg zu ihrem Strickzeug, das sie vorher zurückgelassen hat. Vielleicht ist es ihr ja unangenehm, mit Arthur Werdenau an einem Tisch, bei dem es sich noch nicht einmal um die Gemeinschaftstafel handelt, sitzend angetroffen zu werden. Falls ja, wird ihr allerdings ohne Zweifel etwas einfallen, um diesen Ausrutscher zu erklären.

Trotz der verkürzten Pause und des nicht begonnenen Gesprächs ist Arthur Werdenau zufrieden, wieder durch die leeren und um diese Zeit besonders stillen Ausstellungsräume zu gehen. Mittags ist es dermaßen ruhig, dass man förmlich das Wirrwarr der Linien und Formen auf einigen Gemälden, die fotografische Genauigkeit auf anderen zu hören meint. Die dumpfe Monstrosität voluminöser Plastiken dröhnt und die Zerbrechlichkeit graziöser Zeichnungen knistert vor sich hin. Einzelne Säle sind derart mit künstlerischem Ausdruckswillen angefüllt, dass man meint, fortwährend einen majestätisch schwingenden Klang zu vernehmen. Ein tonales Etwas, das die gesamte Situation in seinen Bann gezogen hat. Arthur ergeht es jedenfalls so. Manchmal fragt er sich, ob diese akustischen Phänomene tatsächlich in seiner Umgebung wuchern oder aus seinem Inneren dringen. Als ob die Atmosphäre den Taktstock schwinge, und innen drin das Selbst unwillkürlich reagiere.

Diese Stille nutzt er, um einen Abstecher zu machen. Ein Abweichen von der ihm vorgeschriebenen Route, als folge er einem unbestimmten Auftrag, als tanke er Abwechslung, ehe er wieder zu seiner üblichen Tour zurückkehre. Im Kuppelsaal, den Arthur nur dann aufsucht, wenn er weiß, mit Mayerleeb, der hier üblicherweise Dienst tut, sei nicht zu rechnen, will er einen kurzen Blick aus dem Fenster werfen. Von einem solchen Ausblick lässt sich während stundenlanger Fensterlosigkeit zehren. Würde es draußen stürmen, kämen

möglicherweise sogar angenehme Gefühle hoch. Ein Schlendern im gedärmewarmen Inneren des Bunkers.
Der Kuppelsaal hat diesen Namen fälschlicherweise erhalten. Aus Phantasielosigkeit oder der Lust, an den Tatsachen vorbei zu argumentieren. Viele schmücken sich gerne mit Unzulänglichkeit, obgleich ihnen das gar nicht zusteht, da sie sich eher bemühen sollten, öfters richtig zu liegen. Sie meinen, der unbekümmerte Griff ins Fälschlicherweise verschaffe ihnen den Nimbus grundsätzlicher Treffsicherheit. Das Gegenteil ist der Fall. Warum auch nicht?
Jedenfalls weist dieser Kuppelsaal gar keine Kuppel auf, sondern lediglich eine mondän gewölbte Decke, von der zahlreiche Schienen und eine Menge weißer Leuchtstoffröhren hängen. Von diesen sind wiederum einige ausgefallen, was den Vergleich mit einem Gebiss voller Zahnlücken nahe legt. Die Fenster, eigentlich nur ein einziges, breites, als hätten sich hier mehrere nebeneinander gedrängt, sieht man nicht gleich, sondern erst, sobald man einen schwarzen barackenartigen Aufbau, der wie ein Körper gewordener Farbfleck im Zentrum des Raumes platziert worden ist, durchquert oder umgangen hat. Dabei handelt es sich in Arthurs Augen um eine gelungene Persiflage auf die gesamte Situation, die sie alle miteinander verbindet und untereinander anderer Meinung sein lässt. Das Modell eines Museums. Ein Parcours aus Glaskästen und Schaufenstern, in denen diverse Abfallprodukte

der Industriegesellschaft, thematisch oder formal geordnet, ausgestellt sind. Als hätten Kinder es den Erwachsenen gleichgemacht, und, was sie nicht mehr brauchen, bedeutungsmäßig nebeneinander gelegt. Warum? Vielleicht um die eigene Geschichte zu verstehen. Oder zumindest um das, was unzweifelhaft dazugehört hat, zur Anschauung zu bringen. Damit man sich nachher nichts vorzuwerfen habe. Dass man nicht alles versucht habe und so weiter. Noch besser würde es Arthur gefallen, wenn auch seine Position, die des Aufsehers, von Kinderaugen nachgebildet worden wäre. So muss er annehmen, dass er selbst, er, der reale Aufseher, seine eigene Persiflage abgibt, wie der Künstler mit Hilfe von Abfallprodukten – altem Kinderspielzeug und Merkmalen der Sinnlosigkeit – scheinbar kulturelle Werte auf die Schaufel nimmt.
Arthur entscheidet sich dafür, dem schwarzen Aufbau, an dem man übrigens einen symbolischen Grundriss erahnen kann, auszuweichen, und findet, auf der anderen Seite, das Fenster, die Fensterfront sperrangelweit geöffnet. Alle drei Teile sind aufgeklappt, dazwischen befindet sich eine Leiter und auf dieser steht, oder kauert, oder klammert Tidow sich an, um mit der frei gebliebenen Hand an den Scheiben zu wischen. Die dafür aufgewendeten Bewegungen gleichen jener, mit der er vorher gewunken hat, was jeden nicht eingeweihten Beobachter veranlasst hätte, anzunehmen, er verscheuche ein fliegendes Insekt. Arthur Werdenau bleibt unweigerlich stehen, da

er befürchtet, den behinderten Kollegen, der der ihm zugeteilten Aufgabe ohnedies kaum gewachsen scheint, durch ein plötzliches Auftauchen, ein Hiersein ohne Annäherung zu gefährden. Tidow macht den Eindruck eines betrunkenen Akrobaten, eines Hochseilartisten, der möglicherweise weiß, was es zu tun gilt, dem allerdings die entscheidenden Handgriffe eher zufällig als routiniert gelingen.
Draußen stürmt es erwartungsgemäß. Der Himmel ist verhangen, und die wenigen Menschen, die sich auf dem Museumsplatz tummeln, beeilen sich mit eingezogenen Köpfen ins Trockene.
Das Getöse, das von außen hereindringt, trägt ebenfalls dazu bei, dass Tidow, der ein erhöhtes Quantum an Konzentration benötigt, Arthurs Anwesenheit nicht bemerkt. Unterhalb der Leiter hat er seine Schuhe abgestellt, um mit Hilfe der nur noch in Socken steckenden Füße zusätzlichen Halt zu erlangen. Affenartig hat er die Füße um Leiterrahmen und Sprossen geschlungen. Insgesamt gibt er ein beängstigendes Bild ab, da ein Großteil seines Engagements dem Versuch gilt, sich auf der Leiter zu halten, und für das Putzen nur geringe Aufmerksamkeit übrig bleibt. Vorsichtig tritt Arthur Werdenau an die Leiter und den sich daran klammernden, reinigenden Tidow, der erst auf ihn aufmerksam wird, als Arthur das Metallgestell ergreift. Tidow scheint anzunehmen, dies sei als zusätzliche Sicherung gemeint, weil die gesamte Konstruktion für einen Außenstehenden waghalsig aussehen dürfte, und er lächelt

zwar nicht in Arthurs Richtung, aber zumindest anderswohin als er zuvor geblickt hat. Er lächelt wie man lächelt, wenn eine bestimmte Verlegenheit den Ausschlag gibt. Dankbar, als erblicke man eine hilfreich entgegen gestreckte Hand, nachdem man äußerst ungeschickt hingefallen ist, befangen, als wäre man bei einer intimen Geste gesehen worden und berufe sich jetzt auf ein damit verbundenes Vertrauensverhältnis. All das inbegriffen. Tatsächlich aber empfindet Arthur Werdenau in diesem Moment rein gar nichts von einer gefühlsbetonten Kommunikation, sondern spürt vielmehr einen riesigen, einen gewaltigen Gedanken in sich wachsen. Einen Gedanken mit Reaktionszwang, der mächtiger scheint als alles andere. Einen, dem er sich bedingungslos zu überantworten hat, der es gut mit ihm meint und daraus den Anspruch ableitet, so etwas wie ein zentraler Aspekt seiner ganzen Person zu sein. Das hier muss aufhören. Dem muss ein Ende gemacht werden. Und daher rüttelt Arthur einmal kurz und kräftig am Metall, und Tidow verliert augenblicklich jeglichen Halt.

Vor Schreck oder Erleichterung vergisst Tidow sogar auf einen Schrei oder etwas ähnliches, fällt noch mit dem eigenartigen, in Richtung Lächeln modifizierten Gesicht aus dem Fenster und draußen ohne jegliche weitere eigene Bewegung hinunter, wie eine Comicfigur, die sich in ihr unabwendbares Schicksal fügt beziehungsweise davon ausgehen kann, dass es ihr, trotz brutalem Aufprall und obwohl ihr ein Klavier oder zumindest ein Tresor hinterherkommt, sofort wieder möglich sein wird, aufzustehen, sich auszubeulen und erneut ins Geschehen einzugreifen. Tatsächlich schlägt Tidows Körper nahezu geräuschlos auf, und wenn nicht, muss der tobende Sturm, der die Köpfe einziehen lässt, alles verschluckt haben.

Arthur lehnt die Leiter gegen das Fensterbrett, als hätte es ein entsetzliches, eigentlich für irgendwann vorhersehbares Unglück gegeben. Danach kehrt er in die ihm vertrauten Räumlichkeiten zurück. Tidow erscheint ihm keines weiteren Blickes mehr würdig. Im Gegenteil. Einen solchen Blick hinter Tidow her fürchtet Arthur Werdenau beinahe. Einerseits aufgrund des Anblicks der Folgen, die sein kurzes, vages, kaum vorhandenes Rütteln bei dem armen beeinträchtigten Tidow verursacht haben dürfte, zum anderen weil sein eigenes Gesicht, seine Identität von unten gesehen werden könnte. Schließlich hat er hier nichts zu suchen. Nicht zu dieser Zeit, nicht seit er den Aufenthaltsraum und damit seine Mittagspause verlassen hat. Bei Tidow ist das etwas anderes. Dem hat man einen Sonderauftrag erteilt, eine, wie sich herausgestellt hat, nicht ungefährliche Angelegenheit, und eigentlich, wenn man es ganz genau nimmt, müssen jene, die sich das ausgedacht beziehungsweise so etwas zugelassen haben, einen Teil der Schuld auf sich nehmen.

Als Arthur an dem pseudo-religiösen Aufbau des blutrünstigen Künstlers, die sich bereits auf seinem Gebiet befindet, vorbeigeht, ruft er sich ins Bewusstsein, dass jetzt nur noch einer fehlt.

Einer war momentan noch zuviel, und vorübergehend würde er das sein. Ist er das. Ohne Zweifel. Sobald herauskäme, dass Rudofsky und Tidow verschwunden beziehungsweise künftighin dienstunfähig wären, würde man ihm wortlos die Hand entgegenstrecken. Und zwar nicht, um fürderhin im einvernehmlichen Verhältnis zu koexistieren, sondern um sich nach allen Regeln eines brutalen Angestelltenverhältnisses von ihm zu verabschieden. Erklärungen wären schließlich überflüssig. Vielleicht sogar unangebracht.
Möglicherweise tut Arthur Werdenau Tidows Unfall eher leid als der gezielte Schicksalsschlag, der Rudofsky ereilt hat, und dessen ausführendes Organ, dessen Realisator er, Arthur Werdenau, mit dem Auftrag ausgestattet, seine eigene Existenz zu retten, gewesen ist. Vielleicht. Falls ja, dann zweifellos in Zusammenhang mit der größeren Sym-pathie, dem Gefühl von Verbundenheit, das ihnmit Tidow verbindet. Verbunden hat. Falls nein, dann eventuell, weil er von beiden eine Art Geschenk angenommen, ihre Großzügigkeit ausgenützt hat, die Tidow leichter gefallen sein musste. Mit Rudofsky hat es einen ehrlichen Kampf gegeben. Ehrlich vielleicht nicht in Bezug auf eine gleichberechtigte Ausgangsposition, vielmehr im Sinn der freien Wildbahn, in der ein entschlossener, kraftvoller, mordlüsterner oder auch nur hungriger Löwe über eine harmlose Gazelle herfällt. Im Normalfall noch dazu über die kranken und schwachen Tiere. Der Schlag, den er mit dem Hammer ausgeführt hat,

war eine Art Biss, eine tödliche Entschlossenheit, der sich das Beutetier zu fügen hat.
Im Fall von Tidow handelte es sich viel eher um das Ausnützen einer Gelegenheit, die der Kollege ihm liebenswürdigerweise angeboten hat. Liebenswürdigerweise, weil er ja schließlich dabei war, die Arbeit von jemand anderem zu erledigen, was ihm schlussendlich nur Unglück eingebracht hat. Aus diesem Grund würde auch niemand an etwas anderes als einen Unglücksfall denken.
Und doch hat Arthur ihn getötet, ihn aus dem Fenster gebeutelt, um nicht mit seiner Unterwürfigkeit konkurrieren zu müssen. Gegen einen Behinderten kommt schließlich niemand an. Die werden bemitleidet und ausgenützt und lassen sich auch noch ausnützen, weil sie der Meinung sind, etwas wettmachen zu müssen, das aus irgendeinem schicksalsschwangeren Grund bei ihnen unterlassen wurde. Sie fühlen sich im Nachteil, und deswegen verpflichtet, zusätzliche Leistungen zu erbringen. Bei ihnen führt das nicht zu einem Gefühl der Selbstverachtung, des immer wieder Erniedrigtseins, sondern hilft ihnen vielmehr beim Bewusstmachen der eigentlichen Verhältnisse.Auseinanderzuhalten, was tatsächlich aus welchem Antrieb geschieht. Sie verfügen über einen wesentlich größeren Realitätsfaktor, und ein solcher liegt jetzt auf dem Museumsplatz, und man würde erschrecken und sich fragen, ob er denn seinem Leben selbst ein Ende gesetzt habe.
Einen Moment lang beschäftigt Arthur der Gedanke, ob es ein Fehler gewesen ist, Tidows Schuhe

am Fuße der Leiter stehen zu lassen. Gehört es zum klassischen Verhaltensrepertoire eines Selbstmörders, sich die Schuhe auszuziehen, bevor aus dem Fenster gesprungen wird? Gibt es überhaupt so etwas wie einen Verhaltenskanon im Zusammenhang mit Suizid? Natürlich hat er unten für die Schuhe keinerlei Verwendung mehr, da ein Selbstmörder ja nicht auf beiden Beinen oder auf den Füßen landen will, sondern damit spekuliert, dass sich der wesentliche Teil des Selbst bereits während des Fluges vom Körper löst, diesen abstößt und woandershin aufbricht. Halsbrecherisch schlägt dann bestenfalls der verhasste Körper, die lebenslange Geißel auf. Das, was immer wieder auf den Erdboden zurückkehrt. Egal mit welcher Geschwindigkeit, wenn es sein muss sogar mit einer, die man nicht überlebt. Wie jetzt. Das, was gefüttert, gepflegt und verwöhnt werden will, und das doch immer nur mit Kritik aufwartet, als Empfänger von Kritik herhält. Schließlich auch das, was jemanden wie Arthur zwingt, einige seiner Grundsätze vorübergehend als nicht so wichtig zu erachten. Zumindest als zweitrangig, dehnbar, biegsam.
In gewisser Weise hat er den beiden, Rudofsky und Tidow, etwas abgenommen, indem er sich mit einer zweifellos bedenklichen Schuld beladen hat. Über alldem aber steht die Tatsache, dass nur noch ein einziges Mal gehandelt werden muss, um die existenzsichernde Quote zu erreichen. Würde der Direktor von einer glücklichen Fügung sprechen? Einer Kette von Ereignissen, die schrecklich

und tragisch, aber andererseits auch vorteilhaft wären. Ökonomisch. Vorteilhaft für die, die nunmehr nicht weggeschickt werden müssen. Vorteilhaft also für ihn, Arthur, potentiell allerdings auch für alle anderen. Würde er, Arthur Werdenau, zu so etwas wie einem anonymen, geheimnisvollen, aus dem Nichts kommenden Helden aufsteigen? Einem, der sich, wie es sich für Helden gehört, der schmutzigen Arbeit angenommen hätte. Bewunderungswürdig. Kaltblütig. Ein Phantom, ein Erzengel.

Ebenso überraschend wie unzweifelhaft damit in Zusammenhang steht für Arthur die Tatsache, dass ihm beide Tötungen sagenhaft leicht gefallen sind. Kaum etwas zuvor, kaum etwas, das nicht eine routinierte Handlung genannt werden kann, war ihm jemals so leicht gefallen wie diese beiden Menschen zu töten. Zwei Handgriffe, die ihm von der Gelegenheit diktiert worden und mit ausgesprochener Sicherheit gelungen sind, obgleich er etwas Ähnliches noch nie zuvor versucht hat.

Als er abends das Museum verlässt, macht er einen Bogen um den Menschenauflauf, der sich an jener Stelle gebildet hat, an der Tidows Körper aufgeschlagen ist. Der Leichnam ist bereits abtransportiert worden, und die trotz des Unwetters verbliebenen Schaulustigen spekulieren über die Motivation dieses Todessprungs. Allgemein ist man der Meinung, Tidow habe sein Schicksal nicht länger ertragen können, obwohl seitens der Kollegenschaft alles daran gesetzt wurde, ihn sein Anderssein nicht merken zu lassen. Vor allem

Mayerleeb tut sich hervor, indem er von Sonderaufgaben spricht, die er Tidow erteilt hat, um ihm zu verstehen zu geben, er gehöre genauso dazu. Nicht einmal eine weiße Umrandung hat man dort aufgezeichnet, wo Tidow gefunden worden ist. Das Fenster hat jemand inzwischen geschlossen. Keinerlei Fragen scheinen offen, nichts mit Rätselcharakter zurückgeblieben. Offensichtlich sind dafür die abgestellten Schuhe verantwortlich gewesen.
Arthur Werdenau bemüht sich, an alles zu denken, was er zum Thema Selbstmord jemals gehört hat. Bereitet man sich darauf vor, wie auf das Zubettgehen, oder richtet sich der Protagonist her, als würde er noch einmal das Haus verlassen? Mantel an, Mütze auf. Möglicherweise hängt das aber auch von der Temperatur ab.
Arthur weiß von einem Schriftsteller, der sich, auf einem Hotelbett liegend, mit Hilfe einer exorbitanten Menge an Psychopharmaka selbst getötet hat. Seine Schuhe hatte er vorher ausgezogen und neben dem Bett abgestellt. Wahrscheinlich, weil er keinerlei Erfahrung darin besaß, mit Schuhen im oder auf dem Bett zu liegen. Eine seiner Romanfiguren, der dieser Schriftsteller ein vergleichbares Ende zugedacht hat, behält ihre Schuhe allerdings an. Weil sie eine Frau ist? Weil zwischen Fiktion und Realität ein Unterschied bestehen soll? Weil er nicht sie ist, wenn auch sie ein Teil seiner Vorstellungswelt?
Arthur hat sich an die realen Umstände gehalten. Selbst wenn ein vermeintlicher Sprung aus

dem Fenster nicht mit der Erwartung des Todes in ruhiger Stellung vergleichbar ist. Man verlässt im einen Fall ja nicht nur den momentanen Aufenthaltsraum, in dem man es, stellvertretend für Kategorien wie Welt, Gesellschaft, Körper, soziales Leben, nicht mehr aushält, sondern man versucht auch, buchstäblich, den Boden unter den Füßen zu verlieren. Unterstellt man dem Selbstmörder allerdings, auf der Suche nach einer höheren Form von Geborgenheit zu sein, könnte er durchaus vorhaben, dieser in einem Vertrautheit ausstrahlenden Erscheinungsbild zu begegnen. Vertrautheit definiert von jemandem, der bislang vergeblich nach derselben Ausschau gehalten hat.
Der mangelnden Sensibilität der Psychologen ist es zu verdanken, dass nicht viel öfter vermeintliche Unglücksfälle als geschickt getarnte Selbsttötungen identifiziert werden. Schließlich handelt es sich beim Suizid um einen extrovertierten Schritt, mit dem sich der Protagonist schonungslos in den Mittelpunkt rückt. Ein einziges, letztes Mal dreht sich alles um ihn. Allerdings aus traurigem Anlass. Viele ziehen einen weniger effektvollen, einen anonymeren Abgang vor. Wenigstens zuletzt möchten sie, die sich ihr gesamtes Leben lang in der Opferrolle gefühlt haben, auch als Opfer anerkannt werden. Als Opfer eines Unglücks, eines gegen sie gerichteten Schicksals.
Bevor jemand in Tidows Fall an ein Verbrechen, an einen kaltblütigen Mord denken kann, gibt es noch die Unfalltheorie. Demnach gelte es als verhängnisvoller Fehler, einen körperlich

beeinträchtigten Menschen wie Tidow damit zu beauftragen, die Fenster im obersten Geschoß eines mehrstöckigen Gebäudes zu reinigen. Auch sofern man ihm mit Aufgaben wie dieser demonstrieren wollte, er gehöre dazu, für ihn käme keinerlei Ausnahmebehandlung in Frage. Selbstmörderisch wäre es laut dieser Version von Tidow lediglich gewesen, einen solchen Auftrag anzunehmen. Trotz aller Beteuerungen, er habe das bereits öfters getan. Hat er das? Sowohl den in diesem Fall direkt angesprochenen Personen wie auch der Museumsleitung ist diese Version selbstverständlich bei weitem unsympathischer, und man versucht, sie so gut es geht zu unterdrücken. Die Marketingabteilung kann sich wieder einmal nicht entscheiden, wie, falls überhaupt, aus dieser Geschichte eine werbemäßig verwertbare Geschichte gemacht werden könnte. Man denkt an Sicherheitsvorkehrungen, Dramatik und Abenteuer.
Alles wird genauso verlaufen, wie man es von einem unerwarteten Ereignis erwarten kann, so wie der schaulustige Blick auf die nicht gezogene Umrisslinie dort, wo Tidows armer Körper aufgeschlagen ist. Genauso wie Arthur Werdenau eben an dieser Menge vorbeigeht, über den Museumsplatz, als habe er mit dem Auflauf gar nichts zu tun, als wolle er mit seiner Trauer lieber alleine bleiben.

Aus dem Hintergund hört Arthur Werdenau in diesem Moment jemanden seinen Namen rufen und bleibt wie angewurzelt stehen, obwohl eine innere Stimme ihm dringend rät, einfach

weiterzugehen, als wäre gar nichts zu hören gewesen. Sollte man ihm so schnell auf die Schliche gekommen sein? Hat ihn jemand beobachtet? Ist noch jemand, außer Tidow und ihm, im Kuppelsaal gewesen, oder hat jemand alles aus einem gegenüberliegenden Gebäude mitverfolgt? Alles unwahrscheinlich. Purer Zufall.
Ein ebensolcher Zufall wie jener, der Rudofsky und Tidow zum Opfer auserkoren hat, wäre dann ihm, Arthur Werdenau, zum Verhängnis geworden. Das kann eigentlich nur gerecht genannt werden. Kalter Angstschweiß tritt ihm an der Stirn aus den Poren. Und obwohl ihm dieselbe innere Stimme jetzt geradezu verzweifelt nahe legt, Hals über Kopf das Weite zu suchen, dreht Arthur Werdenau sich um, da er beschlossen hat, bis zum Schluss so zu tun, als handle es sich bei alldem um einen entsetzlichen Irrtum. Anstatt eines Sicherheitsorgans mit eindeutigen Beweisen in Händen kommt von hinten Annelie Geberth im Laufschritt auf ihn zu. Sie habe ihn von weitem gesehen und trotz der Dunkelheit gleich erkannt. Ob er nicht denselben Weg zur U-Bahn habe, und ob man den nicht gemeinsam zurücklegen wolle, da sich die übertriebene Kälte zusammen leichter ertragen lasse.
Er habe ja sicherlich gehört, was passiert sei, den armen Tidow habe es erwischt, und passiert müsse das sein, während sie miteinander am Mittagstisch saßen. Arthur bestätigt alles, gibt sich allerdings, was die Uhrzeit betrifft, ahnungslos. Er beschließt, nichts über seine persönlichen Gefühle Tidow gegenüber zu sagen. Er will nicht einmal darauf

hinweisen, dass Tidow jene Räumlichkeiten, die den seinen benachbart sind, beaufsichtigt hat.
Sie, Annelie Geberth, habe Tidow immer sehr gerne gehabt, habe ihn bewundert, wie er sich Mühe gegeben habe, gegen sein Schicksal anzukämpfen. Und doch sei ihr in der letzten Zeit der Schatten einer Hoffungslosigkeit um ihn herum aufgefallen. Ein dunkler Schleier, den sie sich folgendermaßen erklärt. Für einen Menschen, der überdurchschnittliche Anstrengungen auf sich nehmen muss, um einen nennenswerten Platz in der Gesellschaft zu erlangen, dürfte es um so enttäuschender sein, wenn er feststellt, dass mit einer solchen Position lediglich Erniedrigung und Aussichtslosigkeit verbunden sind. Immerhin hat er wesentlich mehr auf sich genommen als der, der in erster Linie mit sich machen lässt und irgendwann feststellt, dass ohnehin alles umsonst gewesen ist. Der könne sich zeitlebens mit der Niedergeschlagenheit und Enttäuschung anfreunden, eine solche muss ja sukzessive in ihm anwachsen, während der Außenseiter, der Beeinträchtigte krampfhaft versucht, dorthin zu kommen, von wo man eigentlich wieder weg will, sobald man lange genug da war. Wenn man nur erst verstanden hat.
Arthur Werdenau ist sprachlos. Nicht nur, weil ihm anstatt der drohenden Katastrophe eine Harmlosigkeit widerfährt, sondern mindestens im selben Maße, weil Annelies Anwesenheit ihm jegliche Sprachkraft nimmt. Er kann nur nicken, was man bei der herrschenden Dunkelheit höchstwahrscheinlich gar nicht richtig sieht. Er muss

überhaupt nicht zur U-Bahn, das heißt eigentlich schon, allerdings tatsächlich nur zur U-Bahn, denn Arthur Werdenau benützt den U-Bahn-Bereich, um über die große Kreuzung zu kommen. Vor allem bei Schlechtwetter. Sonst allerdings auch, da es oberhalb kaum ein Vorankommen gibt. Alles befindet sich in irrsinniger Bewegung, will irgendwohin und kommt nur unter Androhung von Gewalt zum Stillstand. Also nimmt Arthur die Rolltreppe hinunter, überquert den Bahnsteig und fährt auf der anderen Seite wieder hinauf. Seine Wohnung lässt sich vom Museum problemlos zu Fuß erreichen. Annelie muss ihn hoch- oder niederfahren gesehen und daraus geschlossen haben, er sei auch U-Bahn-Benützer.

Arthur kommt es vor, als fehle nicht viel, und Annelie Geberth würde den Versuch unternehmen, sich bei ihm einzuhaken oder sich an ihn zu schmiegen, was wiederum Arthur veranlassen würde, einen Arm um ihre Schulter zu legen. In seiner Vorstellung tut er das auch, tatsächlich geht er aber nur neben ihr her.

Schweigend laufen sie über den Museumsplatz, den Wind, der sie nunmehr zu tragen scheint, im Rücken. Erleichterung stellt sich erst ein, als sie die großräumige U-Bahn-Station erreicht haben. Beide richten sich aus ihrer gekrümmten Haltung, zu der sie das Wetter gezwungen hat, auf, und Annelie, von der zuletzt nur noch hin und wieder ein Wort zu hören gewesen ist – zu hören, wenn auch beim besten Willen nicht zu verstehen –, beginnt jetzt energisch von ihrem Arbeitstag zu erzählen, als gelte es, die verlorene Zeit wettzumachen. Arthur hört zwar hin, erfährt allerdings nichts Neues, da er kaum etwas versteht und ihre Tage außerdem mit den seinen vergleichbar ablaufen. Zumindest bis vor kurzem. Er hätte wesentlich mehr und Interessanteres zu erzählen, kann allerdings nur schweigen, steigt in die U-Bahn und wird sich dieser Leichtsinnigkeit erst bewusst, als Annelie Geberth von ihm wissen will, an welcher Haltestelle er aussteigen müsse. Jede einzelne war zuviel gewesen, und Arthur fällt nichts Besseres ein als *Noch zwei* zu stammeln, womit er Glück gehabt hat, da Annelie sich ganz plötzlich verabschiedet, an die Waggontüre tritt und aussteigt, sobald sich diese öffnen lässt.

Was in ihn gefahren sei, möchte er in diesem Moment selbst wissen, sofern es ihm sinnvoll vorkäme, an sich selbst Fragen zu richten, auf die er keinerlei Antwort weiß. Solche rhetorischen Fragen stellt man lediglich, um vor sich selbst jenen Unmut zu äußern, den man einem bestimmten Verhalten gegenüber empfindet. Irgendwie wirkt das, als würde der eigentliche Vorwurf einer Person oder Institution gelten, die man indirekt für eine Verzögerung oder eine Leichtsinnigkeit verantwortlich machen will. Man formuliert diese Frage allerdings erst, wenn Person oder Institution außer Sichtweite sind, weswegen man sie dann, stellvertretend, an sich selbst richtet. Natürlich ist sie eigentlich auch für einen selbst vorgesehen, kommt aber über den Umweg daher, als gebe es keine andere Möglichkeit. An der nächsten Station steigt Arthur Werdenau aus, wie angekündigt, und fährt mit der Rolltreppe mitten in den beißenden Wind, der nach wie vor die Erdoberfläche in seinem Bann hält.

Auf dem Heimweg, den Arthur, der keinerlei Fahrausweis besitzt, zu Fuß zurücklegt, überfällt ihn ein Gefühl von unbestimmter Euphorie. Lediglich ein weiterer Mensch fehlt. Nur noch ein einziges Mal muss er eine von unendlich vielen Möglichkeiten nutzen, und die ganze Angelegenheit wäre ausgestanden. Einmal noch zugreifen, zuschlagen, eine Gelegenheit ausnutzen, und er könnte sich ein für allemal aus einem Tätigkeitsfeld zurückziehen, das ohnehin niemals seine Sympathie erlangen würde. Etwas, das er weder gewollt noch begrüßt, das sich ihm vielmehr aufgezwungen habe. Etwas, das allen aufgezwungen wird. Ihm sei es lediglich vergönnt, das als erster zu erkennen. Er, der, stellvertretend für alle, vom Opfer zum Handelnden geworden ist. Tatsächlich hat er ja, außer für sich, auch noch für zwei andere gehandelt, die ihre Stellung behalten würden. In ihm muss man einen Vertreter allgemeiner Interessen sehen. Diese Gedanken begleiten ihn auf dem Rückweg.

Das Problem mit den einzig richtigen Augenblicken ist es, dass sich jeder einzelne von ihnen desto seltener blicken lässt, je eher er Teil einer absehbaren Reihe derartiger Gelegenheiten ist. Es stimmt schon, sie existieren andauernd um uns herum. Es stimmt auch, dass man zuweilen nur

zugreifen müsste, um etwas ganz simpel aussehen zu lassen, was ansonsten die Ausmaße eines unlösbaren Problems zu haben scheint. Aber es gehört ein ungeheures Maß an Aufmerksamkeit dazu, den entsprechenden Moment rechtzeitig als solchen zu erkennen. Eine Aufmerksamkeit und auch eine nervenstarke, entschlossene Vorgangsweise, wenn es denn soweit ist. Bestimmte Handlungen werden nicht entsprechend der in ihrem Schlepptau zu erwartenden Konsequenzen ausgeführt. Nicht dann, wenn die Chance besteht, sie im Nachhinein wie etwas völlig anderes aussehen zu lassen, sondern jetzt. In diesem Moment, dann, wenn eine innere Stimme das Kommando dazu erteilt. Ansonsten handelt es sich bei dieser Stimme um den üblichen besserwisserischen Ratgeber und Vertreter eines natürlich gegenteiligen Justament-Standpunktes. Aber in Momenten wie diesen, und daran erkennt man Momente wie diese, ist von einem solchen, unvorteilhaften Charakter nichts zu spüren. Plötzlich sprechen sie einem aus der Seele, intonieren etwas, das immer schon verschwiegen dazugehört hat. Sie geben sich als hörbarer Teil des Gesamtzusammenhangs Person zu erkennen. Etwas, das nur für einen selbst hörbar zu sein scheint und deswegen mit dem geheimsten Bereich, mit der Intimität in Verbindung gebracht wird.
Die Nacht verbringt er ohne die geringste Erholung. Er wälzt sich hin und her und bildet sich ein, beruhigender, Gedanken verhindernder Schlaf habe ihn endlich gepackt und schalte ihn sanft

aus. Stattdessen quälen ihn widerstandsfähige, hartnäckige Vorstellungen, die um die Frage kreisen, wie viel Zeit ihm noch bleibe. Bis wann würde die Museumsverwaltung entschieden haben, dass zunächst einmal er gehen müsse? Dass er gehen müsse, weil man damit bereits dem notwendigen Quantum an Entlassungen gerecht geworden wäre. Gerecht.

Zwei Tage sind immerhin schon verstrichen. Zwei Tage, an denen es zwar einen vermeintlichen Selbstmord gegeben hat, und ein Mitarbeiter nicht zum Dienst erschienen ist, ohne sich krank zu melden oder sonst irgendeinen Hinderungsgrund verlauten zu lassen, zwei Tage allerdings auch für die Schreibtischtäter, um Arthur Werdenaus Namen ganz oben auf die Liste derer zu setzen, von denen man sich demnächst verabschieden werde. Die Liste jener hoch angesehenen Mitarbeiter, denen man dankbar nichts in den Weg legen wolle. Eine Liste jener, die allen Ernstes zubeißen, wenn man ihnen mit freimütiger Miene ein Büschel Gras hinhält. Die zubeißen, weil sie gar nicht anders können. Eine Liste, wer alles jede Kaltblütigkeit für eine großzügige Geste hält, wenn man sie ihm als solche präsentiert. Jede. Alle, für die es keine rechtlichen Schritte gibt. Keine Chance auf eine mehrheitliche Kritik oder Druck ausübende Unzufriedenheit seitens der Kollegenschaft. Eine Arthur Werdenau-Liste. Allerdings würde man vergessen, eine Rubrik für besondere Eigenschaften einzurichten. Denn zu diesen

zählt in seinem Fall bedingungsloser Erhaltungstrieb. Eine urmenschliche Eigenschaft, die dazu geführt hat, dass der Mensch, mag er auch längst nur noch von sich selbst bekämpf werden, niemals aufgibt. Wird Druck auf ihn ausgeübt, eröffnen sich ihm zuvor ungeahnte Potentiale an Kraft und Rücksichtslosigkeit. Gerät er in Bedrängnis, ändert das seine Perspektive auf die Umwelt und, damit verbunden, auch sein Verhalten. Er verhält sich auf eine Art und Weise, die er selbst zuvor nicht für möglich gehalten hätte. Unter den neuen Gesichtspunkten erscheint die ehemalige Unmöglichkeit als einzig sinnvolle Vorgangsweise. In Arthurs Fall bezieht sich das auf das Töten von Menschen. Er hat bereits zweimal getötet und würde es auch noch ein drittes Mal tun. Er würde es tun, damit endlich Ruhe einkehre und er nicht länger Gefahr laufe, in einem Alter auf die Straße gesetzt zu werden, in dem man nicht mehr in der Lage ist, sich an etwas Neues zu gewöhnen, und zu jung, um den Rest seines Lebens dem Vergessen zu widmen. Zu lange, um nur noch verbittert zu sein, zu knapp bemessen, um nochmals irgendwo anzufangen. Arthur Werdenau wird sich verteidigen. Mit allen Mitteln und darunter auch solchen, mit denen niemand gerechnet hat.
Als es hell wird, weiß Arthur nicht, ob er überhaupt geschlafen oder die ganze Nacht nur von einer Liegeposition in eine andere gewechselt hat. Die Gedanken zu unterdrücken, ist ihm jedenfalls nicht gelungen. Irgendwann ist der Körper auf der Strecke geblieben. Die Gedanken haben sich

weiter verbreitet und in Bewusstsein verwandelt. Arthur Werdenau geht zum Dienst.
Das Wetter ist unfreundlich. Ein kalter Regen fällt unaufhörlich vom Himmel und seine berechenbare Art, einfach herunterzufallen, wird von unregelmäßigem Wind kompliziert. Tropfenweise wird er in die Gesichter geweht, in die Krägen und lückenhaft bekleideten Körperpartien. Auf dem Weg ins Museum hält Arthur Werdenau seinen Blick gesenkt, denn der Wind bläst ihm die Feuchtigkeit immer wieder in die Augen.

An diesem Tag scheinen ihn die Kunstwerke, die ansonsten so versessen darauf sind, angestarrt zu werden, ihrerseits unausgesetzt zu beobachten. Jede einzelne von Arthurs Bewegungen wird von ihnen bis ins Detail verfolgt. Porträts schielen ihm nach, abstrakte Malereien machen den Eindruck, ihn begleiten zu wollen, sobald er an ihnen vorbeigeht. Skulpturen neigen sich in seine Richtung. Die Oberflächen der riesigen Blutbilder über dem Altaraufbau, auf dem medizinische Instrument liegen, geraten in Bewegung. Sie glänzen, als ob das Blut erst vor wenigen Augenblicken mit der Leinwand in Berührung gekommen wäre und jetzt in schmierigen Bahnen, unberechenbar herunterlaufe. Mehrere Zeichnungen vibrieren und erwecken den Eindruck, als ob ihre Linien jeden Augenblick in sich zerbrechen könnten.
Nachmittags fällt eine Entscheidung. Das heißt, zunächst geschieht etwas, das Arthur nicht erwartet hat. Annelie Geberth kreuzt seine Route, nickt

ihm zu, und ehe er sich darüber klar werden kann, ob sie aus Unachtsamkeit vom Weg abgekommen oder zu ihm unterwegs sei, spricht sie ihn hinter dem mittlerweile bereits irgendwie gewohnten Lächeln an.
Ob sie gemeinsam nach Hause gehen würden, will sie wissen. So wie gestern. Offensichtlich hat es ihr gefallen, und schließlich handle es sich ja um denselben Weg. Fast. Vermeintlich. Arthur stottert. Annelie Geberths Anhänglichkeit überrascht ihn, obgleich sie auf einer fälschlichen Annahme gründet. Zweifellos geht sie davon aus, ihm aus der Seele zu sprechen.
Selbstverständlich. Selbstverständlich werde man zusammen aufbrechen. Zusammen aufbrechen und gemeinsam mit der U-Bahn fahren. Wieso denn zukünftig darauf verzichten, da man doch gestern erst davon gekostet hat? Jedenfalls. Sie verabreden, nach Dienstschluss bei den Metallkästen aufeinander zu warten, und beide wissen, dass das auf eine Art geschehen sollte, die in der Kollegenschaft keinerlei Aufmerksamkeit erregen würde.
Arthur bleibt bis dahin noch genügend Zeit, über Rudofskys Schuhe nachzudenken, die sich nach wie vor in der Schublade des Tisches befinden, der zur großen Installation gehört. Er weiß, sie dürfen keinesfalls auftauchen. Sollte jemand Rudofskys Leichnam irgendwann einmal entdecken, und in der Folge das Fehlen der Schuhe bemerken, würde jedes Paar Schuhe, das sich nicht an den Füßen von jemandem befindet, mit ganz anderen Augen gesehen werden. Das bezieht sich auch

auf das Einflussgebiet der Museumsbediensteten. Andererseits wäre es in diesem Fall von Vorteil, wenn Rudofkys Schuhe irgendwann gefunden würden, da ansonsten für alle Zeit der Schatten eines Rätsels auf Rudofskys Schicksal zurückbliebe. Egal, ob es sich bei dem, was tatsächlich hinter dieser Fragwürdigkeit steckt, um eine Nebensächlichkeit handelt oder nicht.
Die Installation scheint auf Dauer kein geeigneter Aufbewahrungsort, da jeder Angehörige des Aufseherpersonals dieses Kunstwerk augenblicklich mit ihm, Arthur Werdenau, in Verbindung brächte. Es sei denn, man erklärte sich die Sachlage etwas komplizierter. Die Schuhe könnte jemand dort versteckt haben, um diese abscheuliche Tat ihm, Arthur Werdenau, unterzuschieben. Diese Sichtweise ließe alle verdächtig erscheinen außer Arthur selbst. Er wäre zweifellos nicht so leichtsinnig, Utensilien, die direkt zu seinem Opfer führen, gerade dort zu verstecken, wo alle Welt sein intimstes Geheimnis vermutet. Andererseits käme wohl niemand auf die Idee, die Laden des Kunstwerktisches zu durchsuchen. Eine Durchsuchung würde sich auf die Metallkästen des Personals beziehen, auf die Büroschränke und Karteikästen, Gerätschaftsräume und Speicher, aber sicherlich nicht auf Kunstwerke. Die Aura, die für einen Uneingeweihten von ihnen ausgeht, einerlei, ob von Abscheu oder bewundernder Anziehung genährt, verunmöglicht den Gedanken an eine solche Perlustrierung. Jedem muss einleuchten, ob verständnishalber oder von einer

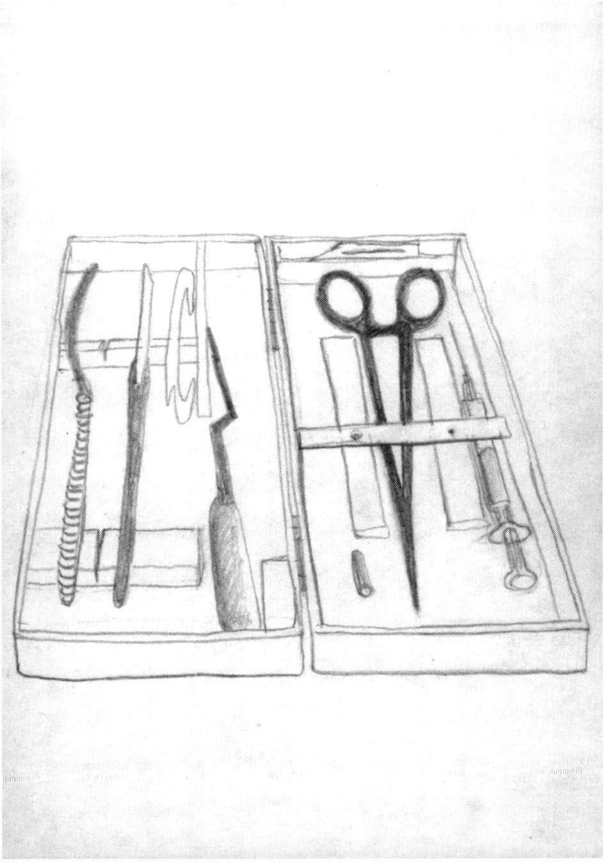

Art religiösem Gefühl dazu bewogen, dass Kunstwerke grundsätzlich unschuldig sind und er es in ihnen mit einer anderen Welt zu tun hat. Mit einem Entweder-oder.
Würde man irgendwann auf diese Schuhe stoßen, könnte man darin durchaus auch eine neue Facette eines bestimmten Kunstwerks entdecken. Etwas Bisher-noch-nicht-Gesehenes. Der Künstler ist längst tot und hat zweifellos eine ganze Reihe von Rätseln hinterlassen. Ungereimtheiten, die sich aus der Unvereinbarkeit von Handlung und Interpretation, von einer interpretierenden Handlung und einer solchen, die auf eine bestimmte Interpretation hin realisiert wird, ergeben. Möglicherweise würde eine solche Entdeckung sogar ihm gelingen. Sobald genügend Gras über die andere Geschichte gewachsen wäre. Ihm, Arthur Werdenau, dem eigentlichen, dem tatsächlichen Kenner und Freund dieses Kunstwerks. Und wenn nicht, dann eben nicht.
Nachmittags fällt nichts Besonderes vor. Arthur Werdenau verbringt den Tag wie jeden anderen. So, wie er auch alle zukünftigen Tage seines Berufslebens als Aufseher zu verbringen hofft. Er wandert durch die ihm zugewiesenen Ausstellungsräume, wobei es ihm mit Hilfe der Stille und der völligen Ereignislosigkeit gelingt, sich in jene geistige Verfassung zu versetzen, die für einen Aufseher zu den komfortabelsten zählt. Er verabschiedet seine Gedanken in eine parallele Welt. Während er wie üblich ohne Besonderheiten seine Runden dreht, scheinbar ferngesteuert,

scheinbar innen leer, arbeitet dort tatsächlich alles auf Hochtouren. Nichts dreht sich im Kreis, sondern im Gegensatz zur haargenauen Gleichheit der immer wieder zu durchquerenden Räumlichkeiten dehnen sich seine Hirngespinste in unerreichbare Sphären. Die immer gleichen Bewegungen werden nicht nur blind, sondern unwillkürlich durchgeführt. Er marschiert, als speise er mit seinem Gehen eine phantastische Batterie, eine schier unerschöpfliche Quelle an Gedanken und Dingen, die miteinander zu tun haben, und Vorschlägen und einer Aussicht, wo zuvor lediglich Aussichtslosigkeit geherrscht hat.

Auf dem Museumsplatz, den sie Richtung U-Bahn überqueren, begegnen sie erneut jenem Wind, der davon auszugehen scheint, dort ungehindert sein Unwesen treiben zu können. Und das kann er auch, denn es gibt nichts, das sich ihm in den Weg stellen würde. Die Kälte wirkt sich einmal mehr auf die Kommunikation aus, die zwischen Arthur und Annelie nicht zustande kommt. Beide gehen, weit gehend in ihre Mäntel gehüllt, als läge ihnen daran, sich selbst zu umarmen, schweigend nebeneinander her.
Erst in der U-Bahn lockert Annelie Geberth das Schweigen, indem sie gesteht, am Tag zuvor aus einem ganz bestimmten Grund früher ausgestiegen zu sein. Normalerweise benütze sie dieselbe Station, die Arthur genannt hat, um auszusteigen, was soviel heißt wie, dass sie eigentlich in derselben Gegend wohnen dürften. Arthur tritt einmal

mehr Feuchtigkeit auf die Stirn. Eigentlich handelt es sich eher um eine innere Hitze, allerdings keine, die angesichts einer immer wahrscheinlicher werdenden Großartigkeit in einem entfacht wird, sondern eine im Schlepptau eines Missgeschicks, das gerade dabei ist, sich selbst an die große Glocke zu hängen. Und eine solche Hitze mündet zumeist in eine feuchte Stirne.
Aber wenigstens wird es noch einige Zeit dauern, bis sie ankommen. Zumindest so lange, bis Annelie sich Richtung Ausgang bewegen würde. Arthur kann sich darauf verlassen, dass es nicht den geringsten Grund gibt, ihn zu verdächtigen. Solange dieser Zustand von rechts wegen andauert, will er die Freizügigkeit, die sich ihm bietet, genießen. Die Peinlichkeiten kommen dann früh genug. Es sei denn – aber in diesem Moment erfasst Arthur einer von Annelie Geberths Blicken. Einer, den er zuvor noch nie gesehen hat. Weder an ihr, von ihr ausgehend, noch bei sonst irgend jemandem. Ein Blick, den Arthur Werdenau für absolut unmöglich hielte, könnte er ihn nicht mit eigenen Augen sehen. Einer mit Wärme und offenen, schmachtenden, wundervollen Pupillen, die mit diesem Blick demonstrieren, nicht bloß ein definitives Aussehen zu besitzen, sondern auch zu einem völlig ungeahnten Schauen in der Lage zu sein. Einem zersetzenden, einem, das etwas Auflösendes, etwas Weich-Machendes mit sich führt. Ein Spektrum von Triumph bis Entwaffnung,zwischen Demutsgeste und K.O.-Schlag.

Die vollständige Bewegungsunfähigkeit, in die dieser Blick Arthur versetzt und versetzen muss, verwendet Annelie Geberth selbstbewusst wie ein Bergsteiger, der sein Eisen ins Felsenmassiv getrieben hat und sich bedenkenlos, trotz tausender Meter Höhe, weiter nach oben hievt. Sie nützt Arthurs geistigen wie körperlichen Lähmungszustand aus, um ihm etwas hinzuhalten, das auf Arthurs ersten benebelten Blick aussieht, wie ein Wollknäuel. Das möchte sie ihm schenken, ihr seien nämlich seine verstohlenen Blicke aufgefallen. Das letzte Mal während der Mittagspause im Aufenthaltsraum. Da habe sie gleich gewusst, wem sie das schenken würde. Vorher überlege sie nämlich nie, wer was erhalten solle. Das sei so wie bei den Kunstwerken, zumindest so, wie sie sich das mit den Kunstwerken vorstelle. Die hätten auch zunächst keinen Sinn, sondern würden erst einmal hergestellt werden, um sich dann allmählich oder besser: plötzlich in einem Zusammenhang wieder zu finden. Um vom Betrachten aufgeladen zu werden. Thema und Inhalt müssten von Fachleuten erst herbeigeredet werden. Ihrer Meinung nach. Und so müsse er das auch mit der Strickerei sehen. Die mache sich nicht auf Bestellung, nicht auf ein bestimmtes Ziel hin, sondern weil sonst gar nichts geschehen würde. Oder auch, weil etwas entsteht, wenn zwei Nadeln die Wolle in sich verknüpfen. Zwei verschiedene. Blaue und grüne. Und in ihrer Hand erkennt Arthur Werdenau jetzt auch einen blaugrünen Schal, der das sein muss, was er auf der Mittagstafel gesehen hat. Was er von ihr zurückgelassen gesehen hat.

Immer noch wie gebannt, allerdings von ihrem Blick, nicht von der Übergabe oder gar vom Gestrickten, bemüht, dieses Gebanntsein einer freien Interpretation zur Verfügung zu stellen, greift Arthur nach dem Schal, hebt ihn hoch, weil ihm das als angemessene Geste erscheint, und legt ihn sich dann um den Hals. Er ist etwas zu kurz geraten, reicht auf beiden Seiten gerade eben knapp über die Brustwarzen, aber bei dieser Länge ist es höchstwahrscheinlich geblieben, damit er möglichst bald übergeben werden konnte. Arthur würde ihn ohnehin keinen Augenblick lang tragen. Es sei denn, um sich dem Anschein nach einem Geschenk würdig zu erweisen.
Mit einem Wort: Arthur Werdenau ist zutiefst gerührt. Es fehlt nicht viel und alle Feuchtigkeit zöge sich in sein Augenpaar zurück. Vielleicht geschieht das sogar. Vielmehr, es hätte zu geschehen, wenn Annelie Geberth nicht in diesem Moment zur U-Bahn-Türe drängen würde, mitsamt einem fragenden Blick, ob Arthur ihr denn etwa nicht folgen wolle.
Zur Erklärung schmiegt Arthur Werdenau seine Wange dicht an den blau-grünen Stoff, als könne ihm eine U-Bahn-Station momentan nicht das Geringste bedeuten. Tatsächlich hat er sich vor diesem Moment die ganze Fahrt über gefürchtet, denn mit ihm ist die Notwendigkeit verbunden, Annelie Geberth, die nunmehr nicht nur eine Kollegin ist, sondern sogar eine, die ihm etwas geschenkt hat, gestehen zu müssen, dass er gar nicht in dieser Gegend wohne. Sie würde ihn für

einen Betrüger halten, einen undurchschaubaren, mysteriösen Charakter. Jemanden, dem man besser aus dem Weg geht. Hinter dessen Rücken man tuschelt, um abrupt damit aufzuhören, sobald er sich umdreht. Jemanden, vor dem es gilt, sich in acht zu nehmen.
Am Bahnsteig schlägt Annelie Geberth den Weg Richtung Ausgang ein, Arthur aber bleibt stehen. Um nicht in eine peinliche Situation zu geraten, entschließt er sich zu einer Notlüge. Wie zur Entschuldigung, verweist er auf eine weitere U-Bahn, die es für ihn von hier aus noch zu nehmen gelte. Der Schal und die Enttäuschung, aus der in Aussicht gestellten Nachbarschaft könne nichts werden, haben ihn dazu veranlasst, über diesen Punkt bis zuletzt zu schweigen. Schließlich sei man ja jetzt eine Illusion ärmer. Und Annelie Geberth akzeptiert diese Erklärung, ohne sie wirklich verstanden zu haben. Außerdem ist sie an der Reihe. Begleiten wolle sie ihn. Bis an den Bahnsteig. Welche U-Bahn es denn sei? Die zwei oder drei? Und Arthur nennt eine der beiden Zahlen, ohne zu wissen, in welche Himmelsrichtung er sich damit begibt.
Sie steuern den Abfahrtsbereich der von Arthur vorgeschobenen Linie an. Er entscheidet sich für eine der Fahrtrichtungen, ist dann aber überrascht, als der Zug aus der entgegen gesetzten einfährt. Und obwohl Arthur nichts mit dieser U-Bahn-Linie verbindet, obwohl er ihre Stationen nicht kennt und mit ihrer Route absolut nichts zu tun hat, rast sie mit ihm aus dieser beklemmenden

Situation, befreit sie ihn mit einem röhrenden Zischen von Annelie Geberths Gesellschaft. Die bleibt mit einem Lächeln und einem erhobenen Arm auf dem Bahnsteig zurück.

Den Rückweg absolviert Arthur zu Fuß, was ihn etwa eine Stunde kostet. Außerdem sieht er sich gezwungen, den wollenen Schal wieder anzulegen, nachdem er ihn zunächst von sich gerissen hat, sobald Annelie Geberth aus seinem Blickfeld verschwunden war. Es kommt Arthur so vor, als verursache ihm dieses Material einen Ausschlag an Hals und Kehle und Kinn. Während des Fußweges überredet ihn dann allerdings der eisige Wind, den Wollschal ohne falschen Stolz wieder umzubinden. Arthur hat ihn schließlich für eine Gelegenheit wie diese erhalten.
Zuhause erwartet ihn die mittlerweile gewohnte Dichte an gegen ihn gerichteten Gedanken. Eine nahezu plastische Masse, die ihm zunächst jeglichen Zutritt verweigert, ihm nicht mit jener Geborgenheit aufwartet, auf die er in seinen eigenen vier Wänden Anspruch erhebt. Ein Inventar an Vorwürfen, ungünstigen Vergleichen, Darstellungen aus einer für ihn mehr als unglücklichen Perspektive. Und er, Arthur, bohrt sich zuerst einmal hindurch. Marschiert in seine Wohnung, wie ein irgendeiner Niederträchtigkeit Angeklagter durch eine Phalanx von hysterischen Journalisten, die seine Bestienhaftigkeit porträtieren wollen, hindurch muss. Hindurch, nicht in die Freiheit oder die Unbekümmertheit, sondern

auf die Anklagebank oder direkt in den Kerker. Zwischen dem Knipsen und Blitzen und Filmen werden ihm Fragen gestellt, die allesamt davon ausgehen, er sei zweifellos schuldig und einsichtig oder uneinsichtig, aber wenigstens schuldig.
Das Bett meidet Arthur Werdenau, denn es ist immer noch feucht von den aus ihm heraus geschwitzten Angstzuständen, den Visionen der Höllenqualen, die auf einen warten, der in einem Alter wie dem seinen des Arbeitsplatzes enthoben wird. Das könne man sich gar nicht vorstellen, denn das übersteige alle gängige Vorstellungskraft. So etwas passiere ausschließlich Totalversagern, Doppelnullen, Gegnern einer auf den totalen Erfolg ausgerichteten Gesellschaftsordnung. Feinden. Abschaum. Welchen, die mit ihrer Unfähigkeit die Problemlosigkeit der Allgemeinheit gefährden, und wenn nicht, dann herumlungern und schlechtes Gewissen verursachen. Beziehungsweise schlechtes Gewissen verursachen wollen, was ihnen allerdings nicht gelingt, da überhaupt kein Grund dafür besteht. Letztendlich haben sie sich ja selbst ausjuriert, selbst aus der Bahn geworfen. Niemand hat von vornherein etwas gegen sie gehabt. Nicht gegen sie persönlich. Bestenfalls gegen eine Position, in der sie sich befunden haben. Oder unter vielen verschiedenen Positionen schlussendlich eben die, die von ihnen bekleidet wurde.
Selbst wenn er nicht auf der Straße landen würde, fände er sich mit einem vollständig neuen Aufgabengebiet konfrontiert, angesichts dessen er ein

Nichtskönner, Schwachkopf, Niemand wäre. Und in seinem Alter und gegenüber einer eingeschworenen Runde von Langzeitbeschäftigten kann man sich von dort üblicherweise nicht besonders weit vorarbeiten. Man bleibt Bodensatz. Fußabtreter. Abreaktionsmodell. Personfiziert jenen Unrat, mit dem eine bestimmte Dienststelle, laut der gängigen Meinung, strafweise überschüttet wird. Man selbst ist diese Häme und diese Bosheit und dieses abschätzige Verhalten.

Eine Bevölkerung setzt auf das falsche Pferd und muss infolgedessen die Konsequenzen tragen. Eine Bevölkerung führt Krieg und ihr bleibt nichts anderes übrig, als fortan zwischen Ruinen zu wohnen. Zumindest solange, bis alles wieder einigermaßen aufgebaut ist. Und das Essen ist knapp, und Arbeit gibt es keine, solange die Wirtschaft daniederliegt. Und wenn eine Entwicklung die andere überholt, also etwa ein System, das jahrzehntelang aufrechterhalten wurde, durch ein anderes ersetzt wird, trifft das ebenfalls die Bevölkerung. Namentlich einige ihrer Vertreter, deren Schicksal, stellvertretend für die Gesamtheit, die fatalen Folgen dieser Fehlentscheidung illustriert. Jeder könnte da durchgereicht werden. Jedes Mitglied aller verschiedenen Gesellschaftsschichten. Nach wie vor trifft es allerdings vornehmlich die weniger groß Gewachsenen.

Also setzt Arthur sich an den Tisch. Er weiß, es gilt, nur noch ein einziges Mal zuzuschlagen, um sich dieser Schuld zu entledigen. Einmal noch offenen Auges durch den Alltag zu gehen, nicht in sich gekehrt, nicht Gedanken verloren, sondern hellwach und aufmerksam. Dann werde er auch die eine oder andere Gelegenheit vorfinden und zugreifen, um endlich wieder der werden zu können, der er vor dieser Angelegenheit gewesen ist. Wieder der alte. Außenseiter, aber fix auf dieser Position. Unumstößlich. Ohne wenn und aber.

Am Morgen sieht es tatsächlich so aus, als habe Arthur Werdenau geschlafen. Die Hoffnung darauf, dass ein Ende in Sicht ist, und die Gedanken an die beruhigende Situation danach haben sich seiner angenommen und ihn, mit dem Kopf zur Seite gedreht auf der Tischplatte liegend und beide Armen daneben ausgestreckt, einschlafen lassen. Draußen ist es hell. Grau. Der Himmel ist verhangen und scheidet Feuchtigkeit aus.

Während Arthur sich anzieht, denkt er an jenen Tag, an dem es endlich soweit sein würde. An diesen und alle auf diesen einen folgenden. Er hat beschlossen, nichts gewaltsam voranzutreiben. Bislang hat er sich damit begnügt, im richtigen Moment zuzugreifen. Sein Zur-Stelle-Sein wahrzunehmen und sich einer ganz bestimmten Zukünftigkeit entsprechend zu verhalten. Die dazu nötige Barriere zu überspringen. Hemmungen abzubauen. Und genauso wird er weiter verfahren. Er wird auf ein Zeichen warten. Das Zeichen. Das Trompetensignal zur Attacke von einer Stelle, die es wissen muss. Von dort, wo es keinen Irrtum, keine Versehentlichkeit gibt. Eine Besonderheit erblickt er lediglich darin, dass er offensichtlich begonnen hat, sich darauf zu verlassen.

Er ist auf irgendeine eigenartige Weise überzeugt davon, dass sich erneut eine Gelegenheit ergeben werde, weil unzählige solcher Gelegenheiten vorhanden seien und nur auf ein offenes Auge warten, um von jemandem, der ein wenig Aufmerksamkeit mitbringe, ausgenützt zu werden. Außerdem auch, weil ihm, Arthur Werdenau, zweifellos nicht mehr allzu viel Zeit bliebe, um die Geschichte zu Ende zu bringen, eine solche Gelegenheit also schleunigst her müsse.

Dieser Umstand unterscheidet seine momentane Situation auch von der vorhergehenden. Hat ihn zunächst noch so etwas wie Verzweiflung dazu gebracht, einen Weg einzuschlagen, der jedem und durchaus auch ihm selbst, irrsinnig vorkommen muss, so dreht sich jetzt alles darum, diese Richtung bis zuletzt beizubehalten. Alles Bisherige scheint plötzlich von einem gelungenen Abschluss abhängig zu sein. Er ist in ein unentrinnbares Abhängigkeitsverhältnis zu seinem rettenden Ausweg geraten. Sein Plan besteht auf ein gelungenes Ende, um der Hoffnung, in ihm einen Ausweg vorzufinden, gerecht werden zu können. Er selbst, Arthur Werdenau, ist vom Motiv, um das sich alles dreht, zum Ausführenden, von dem das Ganze ausgeht, geworden. Dieser Aspekt seiner Teilnahme steht plötzlich und unübersehbar im Vordergrund. Die Hoffnung ist auf ihn übergegangen, auf die Qualität seines ganz persönlichen Verhaltens.

Bei den Metallkästen in den Personalräumen der im Museum Bediensteten begegnet Arthur Werdenau seinem Kollegen von Cramm, diesem gestrengen Typ Aufseher, dem man zu diesem Beruf geraten haben dürfte, weil die zentralen Anforderungen dieser Beschäftigung einem seiner hervorragendsten Charakterzüge ausgesprochen entgegenkommen. Von Cramm befindet sich unter dem Einfluss eines allgegenwärtigen Kontrollzwangs. Einer Hysterie, permanent, überall über alles Bescheid wissen zu müssen. Allerdings weniger über Inhalte, die einen nichts angehen, oder nach außen hin Undurchsichtiges, das große Augen machen lässt, sondern lediglich, ob alles so sei, wie es eben noch gewesen ist. Das Licht, die Verschlossenheit, das Öffnen, das Verschließen. Die immer währende Aufmerksamkeit, ob alles so bleibe, wie es dem Wissen über das Ebennoch entspricht.
Für von Cramm bedeutet ein Museum moderner Kunst, eventuell allerdings auch jede andere Art von Museum, einen paradiesischen Parcours, auf dem er in der Lage ist, seiner Sucht tagtäglich nachzugehen, sie noch zu vertiefen und damit seine Abhängigkeit, aber ebenso das Gefühl von Befriedigung in dem Moment, in dem das Bedürfnis gestillt wird. Hier geht es darum, dass alles die ganze Zeit über veränderungslos gleich bleibe. Jede geringste Abweichung bedarf eines triftigen Grundes und würde kaum etwas Vorübergehendes, sondern normalerweise etwas Ab-jetzt-Anderes bedeuten. Für jemanden wie von Cramm ein einziges Aufatmen. Dazu kommen

noch die immergleichen Kunstwerke, die seit bis zu einhundert Jahren haargenau so aussehen, wie sie nunmehr den Blicken der ab und zu vorbeikommenden Besucher präsentiert werden. Immer gleiche Beleuchtungszustände, dieselbe Temperatur, dieselben Räume, die dennoch tagaus tagein in ihrer Gleichheit kontrolliert werden wollen.
Vom Museum wird er dafür sogar bezahlt und befindet sich – zumindest vorübergehend – innerhalb eines sozialen Netzes. Was noch mehr zählt: Es fällt niemandem unangenehm auf, dass von Cramm die ganze Zeit über einen Kampf mit einem unaufgeklärten Teil seiner Persönlichkeit ausficht. Das heißt, eigentlich in diesem Kampf die meiste Zeit über mit höchstem Genuss unterliegt.
Selbst aufmerksame Beobachter wie Arthur kommen bei Zusammenhängen dieser Art ja kaum über ihre Vorstellungen hinaus. Sie spekulieren, indem sie von ihrem eigenen Schwächepotenzial großzügig auf andere übertragen. Darüber hinaus ist von Cramm mit allem ausgestattet, was eine unerbittliche Kontrollwut erwartungsgemäß außen ablesen lässt. Adleraugen, deren Sehstrahlen selbst sichtbar scheinen, auf alle Fälle aber befangen machen, sobald man in ihren Einflussbereich gerät. Man fühlt sich nicht nur erkannt, ertappt, bis zum innersten Kern durchleuchtet, sondern gleichzeitig zu einem ganz bestimmten, in keiner Weise von einem selbst beeinflussbaren Verhalten veranlasst. Versucht man diesem Blick auszuweichen, fühlt man ihn im Nacken, empfindet

sich zu Boden gedrückt und in Schach gehalten, obwohl man durchaus bereit wäre, jede Art von Demutshaltung einzunehmen. Ein solches Einverständnis scheint ohne Belang zu sein.
Wer sich eine Zeitlang mit dem Aufsehertum, dem dazugehörigen Aufgabenbereich und jener Psyche, die geeignet ist, angesichts dieser spezifischen Fährnisse zu bestehen, auseinandersetzt, weiß von jener beklemmenden Atmosphäre, die ein Aufseher alleine mit seiner Anwesenheit in einem Ausstellungsraum zu etablieren versteht. Als Besucher betritt man den Raum und fühlt, dass hier irgend etwas nicht stimmt, ein in sich gekehrter Aktivposten vorhanden ist, der jener Intimität, die man mit den Kunstwerken, also eigentlich mit sich selbst anstrebt, entgegenwirken wird. Darin sieht der Aufseher seine vorrangige Aufgabe und hat damit nicht Unrecht, denn schließlich könnte jene Intimität, die der Betrachter mit Hilfe des Kunstwerkes erreichen will, zweifelhafte und beängstigende Folgen haben. Das muss nicht sein, denn manch einer leidet ruhig vor sich hin oder ergibt sich einer stillen Euphorie, die sich von außen lediglich an einem zufriedenen Gesichtsausdruck ablesen lässt. Ein anderer aber gerät außer sich und gefährdet damit die rundherum herrschende Ausgeglichenheit.
Von Cramms Aura hat allerdings nichts von jenem beeinträchtigenden Flair, das man wie den schlechten Geruch eines Heizgerätes oder den lästigen Ton einer Klimaanlage ungefragt zur Kenntnis nimmt. Von Cramm füllt den gesamten

Raum an, sodass sich beim Hereinkommen bereits eine atmosphärische Skepsis in den Weg stellt. Muss tatsächlich ausnahmslos alles betrachtet werden? Haben nicht ohnehin alle schon alles gesehen? Oder zumindest mehr als ihnen gut tut? Der Höhepunkt, also die dichteste Zone dieser räumlichen Verneinung befindet sich jeweils dort, wo sich von Cramm selbst gerade aufhält. In jenem Raum, den er zuletzt kontrolliert hat, spürt man sein Echo, das den großen Bogen, den man um manche Dinge machen könne, als gute Idee erscheinen lässt. Sogar in jenem Saal, den er als nächsten aufsuchen wird, befinden sich bereits so etwas wie Vorboten seines Wunsches nach Nichtanwesenheit zwecks Erhalt der Veränderungslosigkeit.
Und von Cramms Blick kontrolliert fortwährend. Zweifellos kann dieser Blick auch nicht anders. Sogar jetzt, während er – als hätte er nichts Besseres zu tun – auf Arthur Werdenau fällt, der sich gerade umzieht und augenblicklich erschrickt, scheint er zu kontrollieren, ob das auch so geschehe, wie es, einem bestimmten Reglement entsprechend, zu geschehen habe. Vielleicht eine Form von Übung? Training? Viel eher Ausdruck eines inneren Zwangs. Einer Zwangserscheinung. Zwangscharakter. Wem die Möglichkeit einer Veränderung ein Dorn im Auge ist, wird irgendwann, bei konsequenter Weiterentwicklung, jede Handlung verabscheuen. Das Umziehen, das Ausziehen, das Anziehen sowie der Dienstantritt, das Hereinkommen und der Beginn der Dienstzeit

müssen davon allerdings ausgenommen werden beziehungsweise sollten eigentlich nur eine beschränkte Dosis an Hass auf sich ziehen, weil sie wieder zu einer Ausgangsposition zurückfinden werden. Man zieht schließlich den Mantel aus, um ihn nach Dienstschluss wieder anzuziehen, verstaut ihn im Kasten, um ihn später wieder herauszuholen. Man tritt den Dienst an, um ihn zu absolvieren.

Sobald alle Aufseher, mit Besen und Eimern ausgestattet, zu den ihnen zugewiesenen Räumlichkeiten aufbrechen, bemüht sich Arthur, seine gesamte Aufmerksamkeit darauf zu richten, bei welcher Gelegenheit er seine Mission zu Ende bringen könnte. Das hat nichts mit einer konkreten Überlegung zu tun, sondern viel eher mit einem vollständig Wahrnehmungsempfänglichkeit gewordenen Tier, das hungrig und wütend jenen Urwald durchquert, den es auswendig kennt, auf der Suche nach einer Möglichkeit, sich des peinigenden Hungergefühls zu entledigen. Das Tier weiß, dass es keinen Sinn hat, sich auf einen Baumstumpf zu setzen und nachzudenken. Es muss in Bewegung bleiben, um sich einer Gelegenheit anzunähern, die in der Lage ist, sich als günstig herauszustellen. Hinter dem nächsten Busch könnte ein geeignetes Beutetier vollkommen unvorbereitet, in sich versunken abwarten. Und der Jäger ist zur Gänze Aufmerksamkeit. Seine Augen, sein Gehör, seine Nase, sofern dieses Sinnesorgan zu seiner Bewaffnung gehört. Jedes

Abweichen wird von ihm registriert. Alles wird registriert. Registriert und zugeordnet. Einer ruhigen Alltäglichkeit zugeordnet. Sich im Winde bewegende Sträucher, herunterfallende Früchte, vorüber ziehende Vögel, überdimensionale Urwaldbewohner, die nicht zu den Beutetieren dieses Jägers zählen, vor denen er sich allerdings auch nicht zu fürchten braucht. Alles, was nicht zugeordnet werden kann, beziehungsweise alles, das auf ein ahnungsloses Beutetier deutet, führt zu einem Alarmzustand. Einer Einsatzbereitschaft.
Würden Himmelsrichtungen im Museum moderner Kunst eine Rolle spielen, dann würden Arthur Werdenaus Räumlichkeiten nördlich an Wenningers Zuständigkeitsbereich grenzen, und jenem Wenninger sieht Arthur dabei zu, wie er den schmalen Fußbodenstreifen schrubbt, der in jenem Raum, der direkt an den Saal mit der großen Installation anschließt, freigeblieben ist. Freigeblieben, da sich im Zentrum des Raumes ein rechteckiger Sockel erhebt, auf dem das swimmingpool-große Modell einer antiken Stadtlandschaft steht. Eigentlich einer Ruinenlandschaft, also dem, was von einer antiken Stadtlandschaft von damals übriggeblieben sein könnte. Zusammengesetzt aus unzähligen Platten, die jeweils ein Fragment der Stadt präsentieren. Jede einzelne Platte in der Größe des Landschaftsuntergrundes einer Spielzeugeisenbahn mit durchschnittlichem Radius. Größtenteils besteht dieses Modell aus Ton. Aus Ton und einigen Ingredienzien wie

Reiskörnern, Blättern und Gewürzen. Das Ganze riecht und sieht aufgrund dieser Materialien nach ehemaligem Leben aus. Eine monumentale und eindringliche Erinnerung ans In-Vergessenheit-Geraten.
Obwohl Arthur Werdenau üblicherweise Wert darauf legt, dass der Zugang zu Wenningers Räumen, wie alle anderen, die zu seiner großen Installation führen, zwar nicht versperrt, aber verschlossen ist – nicht zuletzt, um ihre Aura nicht bereits spürbar werden zu lassen, ehe eine direkte Konfrontation stattfinden kann –, schielt er, solange eine Verbindung besteht, neugierig auf diese ehemalige und in ihrer Ehemaligkeit neuerlich zum Leben erweckte Stadt. Arthur würde seinen Einflussbereich gerne um jenes Zimmer, in dem sie sich befindet, erweitern. Er malt sich aus, wie sich der Blick als Vorbote alles Wünschenswerten zwischen den detailliert und in sich zusammengestürzt modellierten Straßenzügen und Mauern verlieren würde. Diese bemerkenswerte Landschaftsskulptur hilft beim Abstieg in ein Früher, das sich doch nur als Spur eines Vorher, ohne die geringste Hypothese, was hätte sein können, präsentiert.
Auch Wenninger scheint irgend etwas davon begriffen zu haben, denn zuweilen kann Arthur ihn dabei beobachten, wie er seinen Blick über die antike Stadtlandschaft schweifen lässt, und wie in diesem Blick eine sagenhafte Sanftheit und nichts Beobachtendes, sondern etwas Inverses, etwas Nach-innen-Dringendes liegt. Manchmal

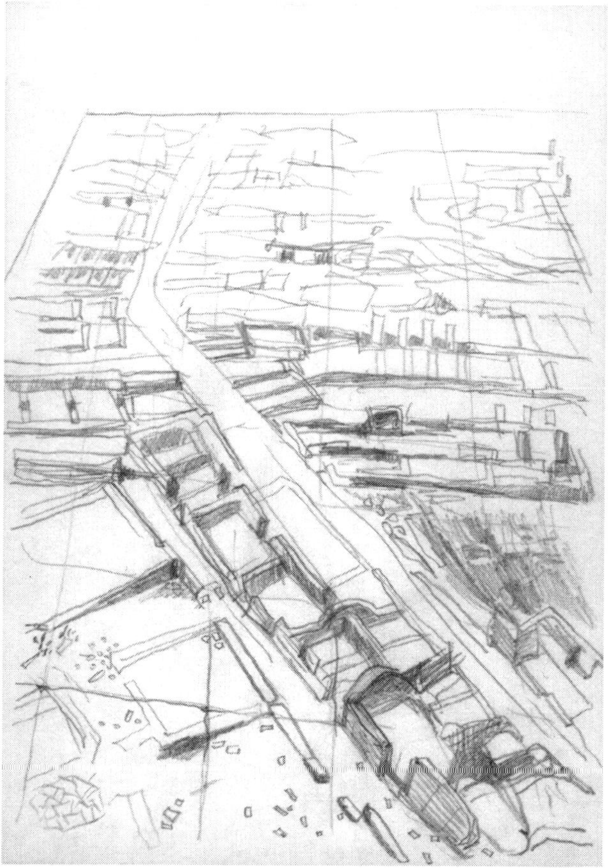

überlegt Arthur, ob zwischen Wenninger und der in seiner Obhut befindlichen, tönernen Skulptur ein ähnliches Verhältnis besteht, wie zwischen ihm, Arthur, und seiner vielteiligen Installation. Eine Beziehung, die es eigentlich nicht gibt, die sich auf nichts zurückführen lässt und dennoch existiert. Vergleichbar ist jedenfalls, wie Wenninger scheinbar peinlich darauf bedacht ist, niemanden etwas von seiner allfälligen Verbindung mit diesem Kunstwerk merken zu lassen. Auf Arthur übt das Verhalten seines Kollegen zeitweise eine alarmierende und dann wieder eine anspornende Wirkung aus. Zuweilen ist er der Meinung, mit ansehen zu müssen, wie weit es kommen könne, beim nächsten Mal fühlt er sich dazu hingezogen und ist überzeugt, so etwas wie Bereicherung verspürt zu haben.
Zumindest versteht Arthur Werdenau, dass von der esszimmergroßen Skulptur in Wenningers Raum ein Anziehungspotential ausgeht, dem auch er unweigerlich verfiele, käme er erst einmal in ihren Einflussbereich. Diese verfallenen Straßen entlang könnte man weit zurück spazieren. Auf Reiskörnern ausrutschen und in die eigene Vergangenheit stolpern, oder ganz einfach still stehen und den Blick auf eine solche Reise schicken. Die Welt, die Geschichte, ein Ausschnitt der Weltgeschichte enorm verkleinert und dennoch riesengroß. Überdurchschnittlich kunstwerkgroß. Die minutiöse Rekonstruktion einer Zerstörung, eines Verfalls. Duftend.
Verdient Wenninger überhaupt eine solche Gesellschaft? Schrubbt er nicht viel zu akribisch.

Verzweifelt, energisch, wie jemand, der gegen eine imaginäre Beeinträchtigung anzukämpfen versucht. Keine Spur von jener souveränen Selbstbeherrschung, die einem so ein Kunstwerk beibringen kann. Davon versteht Arthur einiges. Zumindest ist er der Meinung, einiges von diesen Dingen zu verstehen. Und Wenninger hat offensichtlich viel zu wenig begriffen. Kann gar nicht alles verstanden haben.
Aber aus diesen Gedanken wird Arthur Werdenau ganz plötzlich gerissen, weil im Hintergrund jemand um die Ecke biegt. Aus der Richtung, in der es zum Stiegenaufgang geht. Arthur spürt die Annäherung, fühlt sich in seiner Konzentration, mit der er gerade dabei ist, etwas herbei zu sehen, gestört, irritiert, gezwungen, sich umzudrehen und einen ärgerlichen Einschlag mit aller Gewalt aus seinen Zügen herauszuhalten.

Um die Ecke biegt Annelie Geberth, die jenes freundliche Gesicht aufgesetzt hat, das sie offensichtlich während siebzig Prozent des Tages an sich herumträgt und problemlos noch weitere dreißig Prozent tragen könnte, würden das jene Momente, von denen man üblicherweise gequält wird, zulassen.
Ob Arthur nicht heute gemeinsam mit ihr Schluss machen wolle? Sie könnten ja nach dem Dienst noch ein Kaffeehaus aufsuchen oder sonst etwas unternehmen. Arthur, der soeben noch im Begriff gewesen ist, alles dafür sprechen zu lassen, in Wenninger etwas von sich entdeckt zu haben und

ihn daher unbedingt töten zu müssen, ärgert sich über die Unterbrechung. Es fällt ihm nicht leicht, nunmehr alles so aussehen zu lassen, als gäbe es überhaupt kein Problem. Alles was ihm gelingt, ist eine abwesend klingende Zustimmung, ein Jaja oder Dochdoch. Offensichtlich hat sich Annelie Geberth aber an seine merkwürdigen und in den seltensten Fällen euphorischen Umgangsformen gewöhnt. Ihr Gesicht verfinstert sich zwar, aber sie nickt dann nur, nennt einen Zeitpunkt und erkundigt sich fragenden Blickes nach dem dazu passenden Ort. Arthur hat sich inzwischen wieder zur Gänze im Griff – genau genommen präsentiert sich Wenninger gar nicht als Teil einer Möglichkeit, sondern Arthur hat versucht, eine solche um ihn herum aufzuziehen; er muss wesentlich vorsichtiger sein – und schlägt vor, sich hier bei der großen Installation zu treffen. Er könne Annelie Geberth dann gleich ein paar Andeutungen machen, wie dieses Kunstwerk gelesen werden müsse, sofern man an einem erträglichen Auskommen, einem Sich-Vertragen interessiert sei. Etwas, das er schon hinter sich habe, da er, wie alle anderen auch, darin das Sinnbild der Heruntergekommenheit der zivilisierten Gesellschaft vermute, derselben Gesellschaft, die Menschen wie sie beide in die unterdurchschnittlichen Regionen verbannt habe. Ein Mahnmal fremden Unterdrückertums.

Eine Fraktion hat sich durchgesetzt, glorifiziert ihren Triumph, nennt ihn Befreiung, Erlösung und die damit verbundenen Erneuerungen

Geschenke, Korrekturen, milde Gaben, Hinweise auf Besserung. Tatsächlich helfen jene symbolischen Erinnerungsstützen dabei, anhand des eigenen Unverständnisses zu verstehen, warum es keinerlei Sinn habe, sich selbst höher einzustufen. Warum man mit jener Position, aus der heraus man starrt und nicht versteht und deswegen in Wut geraten könnte, hätte man es damit nicht bereits jahrelang probiert, einer Position, in der man also steht, starrt und einem nichts anderes übrig bleibt, als einzusehen, zufrieden sein sollte. Einsichtig und zufrieden.
Aber da ist Annelie Geberth schon wieder gegangen, hat, wie das ihre Art zu sein scheint, etwas deponiert und damit alles so eingerichtet, wie es weitergehen würde. Und wäre Arthur nicht nach wie vor fassungslos darüber, dass jemand, und noch dazu jemand wie Annelie Geberth, offensichtlich vehement an seiner Gesellschaft interessiert sei, würde er sich über diesen bestimmenden Tonfall, der zwar fragend, aber im Grunde nur eine einzige Antwort zulassend daherkommt, ärgern. Und darüber, dass der ihn so weit gebracht habe, sie, deren Gesellschaft ihn gleichzeitig begeistert und paralysiert, zu belügen. Sie und sich selbst in der kurzen Zeit bereits mehrfach zu hintergehen. Dabei handelt es sich nicht einmal um die harmlosen Schwindeleien, die sich anfänglich in so manches Zugeständnis und die eine oder andere Schwärmerei mogeln, solche, die man sich irgendwie schuldig ist, die erwartet werden, sondern um Lügen, die im Grunde

vollständig sinnlos sind. Käme jemals die Wahrheit ans Licht, würden ihn diese Lügen weder als Aufschneider, noch als übertriebenen Romantiker porträtieren, sondern als ausgesprochen merkwürdigen Zeitgenossen, dem man besser großräumig ausweiche.

Sobald er wieder alleine ist, widmet sich Arthur Werdenau erneut dem nebenan arbeitenden Wenninger. Der ist immer noch mit dem schmalen Bodenstreifen beschäftigt, den der riesige Sockel unterhalb der detailliert im Zustand ihres eigenen Verfalls modellierten Stadt vom Museumsboden freilässt. Sitzt der Schmutz hier so tief, dass es dermaßen Mühe kostet, ihn zu beseitigen? Sehen sich so viele Besucher so lange Zeit dieses Kunstwerk an, dass sie währenddessen den Dreck in den steinernen Boden rundherum treten? Kaum.

Die gesamte Sammlung wird von maximal fünf Besuchern pro Woche aufgesucht. Und von denen verirrt sich bestenfalls die Hälfte hierher. Also zwei oder drei. Und die starren dann nicht Runden drehend auf diese nostalgische Vision des Zugrunde-Gehens, die tatsächlich aus einer akribischen Nachbildung besteht, sondern überfliegen höchstwahrscheinlich die Anlage insgesamt aus Gründen ihrer Spektakularität. Es sei denn, es handelt sich um einen Wissenden. So jemand überfliegt die Anlage dann aus Gründen des Wiedererkennungseffektes. Wie Wissende eben Wissenswertes wieder erkennen. Und sich dabei beobachten lassen, auch wenn niemand anwesend ist.

Wenninger aber ist ins Putzen vertieft, als gelte es den Schmutz von Jahrhunderten vom Belag zu kratzen. Hat diese körperliche Verausgabung etwas mit der Nähe zu diesem Kunstwerk zu tun? Handelt es sich dabei um Wenningers Form einer Huldigung? Zwingt ihn das Kunstwerk, auf diese Art aus sich herauszugehen, hat es ihn unter Kontrolle? Fest steht, Wenninger bekäme nicht das Geringste mit, würde sich jemand hinterrücks an ihn heranmachen. Zumindest kann das als wahrscheinlich angenommen werden.
Arthur Werdenau bemerkt, dass er nun schon seit geraumer Zeit an ein und derselben Stelle der ihm zugeteilten Raumabfolge steht, anstatt sich seinerseits um den Boden zu kümmern. Er beginnt also langsam und locker zu wischen, während sein Gehirn auf Hochtouren arbeitet.
Etwas später am Tag blickt Arthur abermals in Wenningers Richtung und sieht, wie der Aufseherkollege in unmittelbarer Nähe der geräumigen Skulptur Aufstellung genommen hat und nahezu unmerklich den Kopf hin und her bewegt. Arthur kann deutlich erkennen, wie er mit den Pupillen die Straßenzüge auf und ab wandert. Seit dem großen Besucherschwund, der im neuen Haus noch größer geworden ist und vor allem gravierender auffällt, da es sich nunmehr um leere Säle anstatt leere Zimmer handelt, scheint die Sammlung mit all ihren Kunstwerken in erster Linie Konstanten im Leben der einzelnen Aufseher bereitzustellen. Die Kuratoren sehen im Exponatenbestand eines der Probleme für ihren ausbleibenden Erfolg. Die

Restauratorinnen stehen wie immer auf Kriegsfuß mit allen Kunstwerken, weil diesen ihre Behandlung auf Dauer nicht bekommen will.
Das stetige Ausbleiben der immer wieder erwarteten Besucher hat die Aufseher, aus purer Einsamkeit, mit jenen Kunstwerken, die die ihnen zugeteilten Räumlichkeiten dominieren, in Beziehung treten lassen. Getrieben von einer Einsamkeit, die sie mit einzelnen Ausstellungsobjekten zusammenschweißt. Hasslieben, Verabscheuungsverträge. Erniedrigungsvehemenz. Unverständliche Zuneigung universenweit voneinander entfernter Welten. Nachdenken über Strategien der Zerstörung, der Zersetzung. Beziehungen, die den zwischenmenschlichen nicht unähnlich sind. Nicht zur Gänze unähnlich.
Wenninger unterhält eine solche Beziehung zu der Rekonstruktion der zerstörten Stadt. In ihr sieht er möglicherweise ein Abbild seines Innersten. Mit dem Unterschied, dass er die Skulptur mit seinen Augen abtasten kann wie ein Röntgenbild seines Innenlebens und, weil er in der Lage ist, die Augen zu schließen oder sich umzudrehen, wenn es ihm zuviel zu werden droht. Mag er sich auch früher anders gefühlt haben, hat ihm dieses Kunstwerk vor Augen geführt, wie es tatsächlich in ihm aussieht.
Jetzt steht er wie angewurzelt da und starrt auf die tönerne Oberfläche, auf die Ruinen, deren Verfall ein ebensolches Kulturgut ist wie jene tatsächlichen Altertumsüberreste, die dieser Skulptur als Vorbild gedient haben. Er würde nichts

davon bemerken, sollte sich jemand von hinten heranschleichen, um ihn umzubringen. Für ihn wäre es wie ein reibungsloser Übergang von einer Welt, in der er eben noch gestanden hat, in eine andere, in der er sich gedanklich bereits befindet. Womöglich empfände er Dankbarkeit oder würde aufatmen, weil er selbst niemals auf die Idee gekommen wäre, das, was ihm unüberwindlichen Kummer bereitet, einfach hinter sich zu lassen. Vielleicht begreift er keine diesbezügliche Erklärung, sondern benötigt eine solche, überwältigende Radikalkur.
Aber Arthur hält inne. Und es ist kein Geräusch, kein unvermutetes Auftauchen eines Kollegen, das ihn davon abhält, sondern die Gewissheit, es würde sich im Fall eines toten Wenningers nicht um einen jener Momente handeln, die Arthur zuvor so unmissverständlich darauf aufmerksam gemacht haben, er könne in diesem einen Moment etwas für sich tun. Dass er jetzt zugreifen, zuschlagen, rütteln, stoßen, was auch immer müsse, um alles zum Guten zu wenden. Wenninger würde er sich aussuchen, als greifbare Möglichkeit auswählen, wie er selbst vom Direktorium in Absprache mit der Kollegenschaft als einer erkannt worden ist, dessen man sich problemlos entledigen könne. Momentan sogar als einziger, da es ja nur noch um einen ginge, den man über die Klinge springen lassen müsse. Sowohl für das Direktorium, wie auch für ihn, Arthur Werdenau. Ein Schicksal. Eine Wehrlosigkeit.

Es wird Abend. Arthur hat den Tag damit zugebracht, in seinen Räumen Runden zu drehen. Nicht einmal eine Mittagspause hat er sich gegönnt, das heißt, er zieht es vor, keine weitere Begegnung, keine unvorhergesehene Konfrontation zu riskieren. Nicht einmal Ausflüge von seiner Route gestattet er sich, und als Margot Staudte vorbeikommt, um ihn abzulösen, bedeutet er ihr, er bedürfe keiner Ablösung. Anstatt des kleinsten Funkens von Bewunderung erntet er lediglich ein Kopfschütteln. Ein Kopfschütteln statt einer Bewunderung, die zu erhoffen er gar nicht gewagt hat. Arthur Werdenau geht und geht und manchmal bleibt er stehen und blickt zu Boden, und zuweilen gelingt es ihm, in jenen Rhythmus zu verfallen, der es Aufsehern ermöglicht, bei fließendem, um die eigene Achse rotierendem Gedankengang ihre Runden zu absolvieren. Würde man sie dabei beobachten, könnte man glauben, sie bewegten sich zielgerichtet und absichtlich. Tatsächlich befinden sie sich in einer Art somnambulem Zustand, einer Trance, die es ihnen erlaubt, gedankliche Ausflüge zu unternehmen, während von außen alles geordnet und wie unter Kontrolle aussieht.
Arthur schlendert vor seiner Installation auf und ab, geht alle Bestandteile noch einmal durch, die Dachrinnen, für die er keine Erklärung hat, den Tisch und den Sessel, die Glühbirne. Alles Einrichtungsgegenstände, die darauf warten, wieder ihrer ursprünglichen Funktion zugeführt zu werden. Ihrer Bestimmung, derer sie gar nicht wirklich

enthoben worden sind, denn dazu fehlt es dem neuen Zusammenhang entschieden an Schlüssigkeit. Etwas, das in der Lage wäre, sie innerhalb eines anderen Sinngefüges einzusetzen. Dann noch ein Eimer, ein Stück Seife und etwas. Etwas, das Arthur Werdenau nicht einmal zu beschreiben weiß, das aber glücklicherweise ohnehin vor ihm liegt. Er wird lediglich darauf deuten müssen und kann dann davon sprechen, was er angesichts dieses Etwas empfindet.

Das ist ein In-sich-verkrampft-Sein, ein von innen ausgehendes Zusammenziehen. Ein Klumpen nach der letzten Zuckung, der dennoch über eine fragile Oberfläche verfügt und zerspringen würde, sollte ihn jemand aus einigermaßen Höhe fallenlassen. Seifiger Geruch geht davon aus und erinnert Arthur an körperlose Hygiene. Das alles wird er aber Annelie gegenüber nicht erwähnen, denn das könnte sie ihm anzüglich oder zumindest irgendwie krankheitsgesteuert auslegen. Viel eher wird er sich an die erkennbaren Gegenstände halten und darauf hinweisen, was für ein kleiner Schritt innerhalb dieses Kunstwerks von der realen Welt in eine unfassbare führt, und wie einfach es daher sein müsse, diesen Schritt rückgängig zu machen. Er wird erläutern, wo in diesem scheinbar unzusammenhängenden Kunstwerk eine Möglichkeit verborgen liege, die moderne Kunst von ihrer Anti-Normalität zu befreien. Mit allem Schluss zu machen und sich zu besinnen. Eine Ordnung einzuberufen, die es nicht notwendig habe, Arbeitnehmer der untersten Ebene, wie sie

und ihn weiterhin auszuschließen. Diese Installation bestehe nämlich aus einzelnen Elementen, die er durchaus begreife, die also aus Gründen, über die er Bescheid wisse, hier versammelt seien, nur eben in einer Anordnung, der es gelänge, sich seinem Begreifen zu entziehen. Über diese Formulierung muss Arthur innerlich schmunzeln, denn darin deutet sich an, dass die Angehörigen der oberen Ebene diese Zusammengehörigkeit ebenso wenig verstehen, ihrem Unverständnis, im Gegensatz zu ihm, allerdings das Antlitz totalen Begreifens verleihen. Eines Begreifens, das sich lediglich, mangels Verständnisbereitschaft seitens der Zuhörer, selten bekömmlich vermitteln lasse. Wenn, dann in Form von sprachlichen Eskapaden, deren Inhalt sich hinter wissenschaftlichen Ausdrücken verkrieche. Größtenteils sogar hinter verlegenem Gestammel.
Und dazwischen der Künstler als Mittler. Der, der es wissen müsse und sich dafür feiern lässt. Ohne jemals etwas über diesen Mann gehört zu haben, weiß Arthur Werdenau dennoch genau, die Aufgabe seiner Installation bestehe darin, sich selbst ad absurdum zu führen. Die Willkür des Individuums, die heiligen Hallen des Museums anhand eines Kunstwerks oder eines Gedankens in Kunstwerkform umzufunktionieren. Die Biegsamkeit jener Wissenschaft, die wackligen Füße der Bildung.
Arthur geht auf und ab und mit einer Hand rückt er immer wieder den Schal zurecht, denn der juckt immens an verschiedenen Stellen seines Halses.

Er hat ihn extra während einer kurzen Pause, in der er Wenninger gegenüber vorgab, auf die Toilette zu müssen, aus der Garderobe geholt, weil er überzeugt davon ist, Annelies finsterer Blick von zuvor habe dem Nichtvorhandensein des von ihr gestrickten Geschenks gegolten. Offensichtlich ist sie der Meinung, Arthur müsse ihn hinkünftig andauernd an sich tragen. Oder zumindest einen Tag, nachdem er ihn geschenkt bekommen hat. Übrigens ist sich Arthur tatsächlich verändert vorgekommen, als er mit umgebundenem Schal durch die Ausstellungsräume zurückgegangen ist. Nicht wirklich verändert, aber anders aufgefasst. Zur Kenntnis genommen. Er scheint Aufmerksamkeit zu erregen, zieht Blicke an sich, und die kommen ihm mit einem Mal nicht mehr durchwegs abweisend vor. Eher anerkennend oder zumindest aufmunternd. Als sei ihm etwas zugestoßen, was anderen auch schon passiert ist. Etwas, das ihn zu einer Art Komplizen macht. Später. Vielleicht.
Jetzt geht er an der riesigen Installation entlang und muss immer wieder den Zeigefinger zwischen Wolle und Haut schieben, sobald der juckende Reiz heftiger wird. Um sich abzulenken, macht Arthur einen Abstecher in den Gang mit den Blutbildern und dem medizinischen Besteck, das auf einem altarartig in Szene gesetzten Tisch aufgelegt ist. Ein Blick auf die präzise Anordnung, innerhalb der die kleinste Abweichung ins Gewicht fällt, versteht es zuweilen, ihn auf andere Gedanken zu bringen. Wie ein Eimer mit Eiswasser oder eine Waffe, die einem ins Gesicht gehalten wird. Alles

sieht dann kurzfristig ganz anders aus. Bedeutungen scheinen verschoben.
Arthurs Finger gleiten über die einzelnen messerscharfen Instrumente. Hier und da entfernt er offensichtliche Verschmutzungen, wodurch es notwendig wird, alle Werkzeuge erneut aufeinander auszurichten. Arthur bringt es nicht übers Herz, lediglich eine vage Ordnung herzustellen, sondern kann sich erst losreißen, sobald alle Geräte parallel nebeneinander liegen. Dabei handelt es sich um eine Art Zwang, die von der Gefährlichkeit dieser Instrumente herzurühren scheint. Mehrmals hat er Elemente aus dem Verband genommen, verschoben, gerade gerückt, längere nach außen, kürzere nach innen, dann kürzere nach außen und längere wieder nach innen gelegt. Irgendwann erweckt das Ensemble dann jenen ausgewogenen und exakt präzisierten Eindruck, bei dem es sich zweifellos um den einzig möglichen handelt. Es gibt hier keinen glücklicheren oder unglücklicheren Zustand, sondern nur ein Ein oder Aus. Ansehbar oder unansehbar. Nichts dazwischen. Entweder die Werkzeuge sehen nach Bedrohung aus, nach geisteskranker Unberechenbarkeit, obgleich ins Auge sticht, dass dasselbe Instrumentarium einem Chirurgen ebenfalls in Reih und Glied zur Verfügung zu stehen hat, oder das Ganze erweckt den Eindruck von schmutzigem Besteck, das auf den Abwasch wartet. Die Harmlosigkeit liegt im Chaos, die Aufmerksamkeit erregende Gefahr in der Ordnung.

Da an diesem Tag kein Besucher gekommen ist, bleibt die Sirene stumm und Arthur hört nur Hackensellners Stimme, die über die Lautsprecheranlage den allgemeinen Dienstschluss bekannt gibt. Mit schnellen Schritten kehrt Arthur, der mehr Zeit vor den Blutbildern verbracht hat, als ursprünglich geplant, wieder zu seiner Installation zurück und nimmt eine Haltung ein, als habe er sich seit Stunden nicht von der Stelle gerührt.
Dann kommt Annelie Geberth, tritt in Erscheinung, taucht auf. Und Arthur Werdenau zieht kräftig an beiden Enden seines Schals, womit dieser eine eng anliegende Haltung einnimmt und sich kurzfristig sogar im Mittelpunkt der Aufmerksamkeit wieder findet. Von der Verfinsterung in Annelie Geberths Gesicht ist jedenfalls nichts mehr zu sehen. Alles Finstere ist einer ausgelassenen Fröhlichkeit gewichen. Einer Ausgelassenheit, wie sie diejenige empfindet, die weiß, dass die vorherrschende Stimmung in erster Linie von ihr abhängig ist.
Arthur gelingt diesmal ein wesentlich besserer Einstieg, denn er ist nicht ausschließlich auf seine Worte und seine Mimik angewiesen, sondern hat etwas vorbereitet. Mit einem möglicherweise nicht weltmännischen, aber immerhin liebens- oder zumindest bedauernswerten Blick hält er Annelie Geberth das riesige, jedenfalls doch sehr große Stofftier hin, für das ihm kein gewitzteres Versteck eingefallen ist als Annelie Geberths Obhut. Niemand würde Verdacht schöpfen und annehmen, es handle sich dabei um etwas anderes als das

dümmliche Geschenk eines erwachsenen Mannes an eine erwachsene Frau, mit dessen Hilfe jener so etwas wie eine Erinnerung an etwas Ehemaliges heraufbeschwören will. Das Stofftier als unsichtbares Element eines Kunstwerks zu identifizieren, würde niemandem einfallen, und die wenigen, die eventuell damit konfrontiert werden und Bescheid wissen, erinnern sich an die Stofftiere lediglich, sofern ihre Bemühungen, diesen etwas beschämenden Aspekt zu vergessen, gescheitert sind.
Auf Annelie Geberth hat die phantasievolle Kreatur jedenfalls die gewünschte Wirkung. Ein riesiges Lächeln breitet sich auf ihrem Gesicht aus, eines, dem mit einiger Erfahrung anzusehen wäre, dass es sich vor allem an der hinter dem Geschenk liegenden Geste erfreut. Jene scheinbar dahinter verborgene Absicht, denn von den tatsächlichen Zusammenhängen hat Annelie Geberth selbstverständlich keine Ahnung. Ein solches Lächeln kommuniziert, dass das für den Anfang reicht und alles weitere sich mit der Zeit finden werde. Vielleicht auch, dass Augenblicke wie diese genossen werden sollten, es im Moment niemanden gibt, außer jenen, die darin verwickelt sind, dass nichts zählt und einige andere Stimmungsbilder in dieser Richtung.
Danach, als sich die Begeisterung etwas gelegt hat, begutachtet Annelie Geberth Arthur mit Schal oder den Schal an Arthur, der nach dieser knappen Begrüßung mit Begrüßungsgeschenk Anstalten macht, die Charakteristika seiner Installation

auseinanderzusetzen. Er hat sich ja etwas zurechtgelegt beziehungsweise eigentlich all die Jahre darauf gewartet, jemandem, den das interessieren würde, und der ihn als eine Art Instanz betrachtet, auch wenn beides eher auf ein Sympathieverhältnis zurückzuführen ist, auseinanderzusetzen, worum es hier seiner Meinung nach gehe. Warum dieses Kunstwerk bedeutungsvoll sei, und dass etwas durchaus bedeutungsvoll und gleichzeitig verabscheuungswürdig sein könne. Vor allem aber, wie eindeutig diese Arbeit im Grunde auf ihrer beider Seite stünde. Auf ihrer Seite und der ihresgleichen. Ein Spion, der sich in die Herzen der Gelehrten gemogelt habe, weil deren Herzen sich in den Gehirnen befänden, und von dessen Bestandteilen er deswegen eines Tages einige retten würde, um sie wieder ihrer ursprünglichen Bestimmung zuzuführen. Wenn es denn einmal darauf ankäme.
In diesem Zusammenprall, dieser Konfrontation, die möglicherweise auf den ersten Blick lediglich den Kopf schütteln lasse, liege tatsächlich der Beweis verborgen, dass ihr menschlicher Verstand, der sich hauptsächlich aus der Gefühlswelt ableite, es mit der analytischen Denkakrobatik der Gelehrten aufnehmen könne. Ohne weiteres. Dass möglicherweise sogar Menschen wie sie im Vorteil lägen, denn er, Arthur Werdenau, begreife immerhin, welchen Teil er nicht verstehe, und dieser repräsentiere kaum etwas zu Verstehendes, während der Rest, alles Fassbare, ihm vollständig klar sei.

Aber so deutlich und scheinbar schon vorformuliert das alles in ihm drinnen gewartet hat, will es dennoch nicht wirklich flüssig heraus rinnen, wie erwartet, sondern kommt bestenfalls gestottert zum Vorschein. Außerdem stoßen sogar diese kümmerlichen Versuche auf nichts als Desinteresse, zumindest soweit es die Installation betrifft. Annelie Geberth ist nicht dazu zu bewegen, ihre Aufmerksamkeit dem Kunstwerk oder wenigstens seinen diesem gewidmeten Worten zu leihen, sondern scheint sich in Gedanken, in denen er, Arthur Werdenau, natürlich vorkommt, verloren zu haben. Sie gibt sich noch nicht einmal den Anschein, als versuche sie, seinen Ausführungen zu folgen. Dieser Umstand, in einem undurchschaubaren Verhältnis gepaart mit seinen merkwürdigen Schwierigkeiten, seine Überlegungen in verständliche Worte zu fassen, lassen ihn ungeduldig werden. Ungeduldig und bald darauf wütend.
Könne sie nicht wenigstens aus dem Grunde zuhören, weil er, Arthur Werdenau, am Sprechen sei? Höflichkeitshalber. Wenn sie sich schon nicht für den Inhalt interessiere – das könne man schließlich niemandem vorwerfen –, sollte sie doch zumindest Gefallen daran finden, jemanden, ihn diese Rätselhaftigkeit erläutern zu hören. Ist ihr das denn kein Dorn im Auge? Hat sie unter demonstrativen Kunstwerken wie diesem nicht ebenso zu leiden wie die gesamte unterste Ebene des Museums? Will sie die Möglichkeiten, die von dieser Installation ausgehen, nicht wahrhaben?

Arthur Werdenau gerät immer mehr außer sich und versucht doch, weiter zu sprechen, als sei gar nichts, sieht aber seine Chancen, einer befriedigenden Ausdrucksweise habhaft zu werden, unter diesen Umständen immer weiter schwinden. Ausgerechnet beim ersten Mal, an dem er mit seinen Überlegungen heraus kann, können sollte, gerät alles ins Stocken, und das Verhalten seiner Zuhörerin ist an diesem Zustand, wenn auch nicht ausschlaggebend, so doch unbedingt mitschuldig. Oder liegt es überhaupt an ihr? An ihrem komisch heiteren Blick, der seine gesamten Bemühungen wie ein ungeschickt vorgetragenes Kompliment, wie eine misslungene Theatralik aufzufassen scheint. Als versuche er ihr zu imponieren oder stelle denjenigen dar, der ihr zuliebe glänzen will. Was dann trotz seiner Chancenlosigkeit aufgrund des liebenswerten Aspektes hoch angerechnet würde. Weil es ohnedies nicht um Inhalte geht. Um Himmels Willen. Bestehe berechtigtes Interesse an seinen Aussagen, dann wäre er ja ganz jemand anderes. Dann würde es keinerlei Sinn machen, dass er hier in Aufseheruniform neben ihr, in Aufseherinnenuniform und Strickjacke, stehe.
Nein, nein, Annelie Geberth betrachtet das alles als Liebenswürdigkeit, als ihr gewidmetes Kompliment, weil sie etwas derartiges verdiene, weil sie etwas ganz Besonderes sei, und weil Arthur sich darin versuche, sich ihrer wert zu erweisen. Und um das anzudeuten, um zu verstehen zu geben, sie habe begriffen und von Anfang an

gewusst, greift sie ihm an den Hals und richtet den inzwischen etwas verrutschten Schal.
Ursprünglich hat sie vorgehabt, ihm um den Hals zu fallen, ihn an sich zu ziehen und zu küssen, eventuell, aber dann hält sie doch inne, weil eine solche Geste, obgleich aus dem Innersten kommend, als vorschnell ausgelegt werden könnte. Also zupft sie nur am Schal, wie eine fürsorgliche Mutter oder ein empfindlicher Beobachter. Und gerade das ist der Moment, in dem Arthur Werdenau der Geduldsfaden reißt, beziehungsweise etwas nicht länger unterdrückt werden kann, das möglicherweise die ganze Zeit über bereits da gewesen ist. Er fasst in die Tasche seiner Aufseherjacke.
Eigentlich steckt seine Hand schon die längste Zeit über in der Tasche und hält sogar den Griff des darin befindlichen Skalpells umschlossen, aber jetzt zieht er Finger und Klinge und alles heraus und rammt das messerscharfe Metall dorthin, wo Annelie Geberth keinen Schal umgelegt hat.
Er ist dermaßen in Wut geraten, dass er am liebsten zigmal zustechen würde. Immer wieder die Klinge heraus und an anderer Stelle so tief es geht hinein, aber stattdessen lässt er das Skalpell nach einem blitzschnellen Einstich, der bislang so etwas wie übergroße, ungläubige Verwunderung auf Annelie Geberths Gesicht gezaubert hat, gleich wieder in seiner Tasche verschwinden. Arthur Werdenau, der mit diesem Stich, vielleicht aber auch mit dem abrupten Umschwenken von Annelie

Geberths Verhalten seine Beherrschung wieder gefunden hat, besinnt sich kurzfristig einer anderen Strategie.
Gekonnt, als habe er das schon unzählige Male getan, und doch eigentlich nur mit dem Enthusiasmus der Befreiung, löst er den wollenen Schal von seinem Hals, nimmt ihn an beiden Enden und strafft ihn, als wolle er Annelie, die bereits taumelt und den Blick längst gesenkt hat, dessen äußerste Länge vorführen. Dann schlingt er den Wollschal um ihren Hals, oberhalb ihrer Hände, die sie kurz zuvor auf die Einstichwunde gelegt hat, und zieht mit aller Kraft zu.
Diese Bewegung, das Zuziehen auf einen Widerstand hin, verschafft ihm wesentlich mehr Erleichterung als das ungewohnte Zustechen, das ihm zwar einigermaßen so vorgekommen ist wie erwartet, aber ein wesentlich höheres Maß an Konzentration beansprucht. Jetzt kann er einfach an beiden Enden mit aller Kraft ziehen, und alle Versuche von Annelie Geberth, diesem völlig unerwarteten Schicksal zu entgehen, werden im Keim erstickt. Je fester er zuzieht, desto weniger Möglichkeiten scheint sie zu haben, etwas dagegen zu unternehmen. Und er zieht mit aller Kraft, weil diese Anstrengung ihm ein befreiendes Gefühl vermittelt. Diesmal denkt er gar nicht so sehr an seine eigene Existenz, die mit dieser Tat endgültig gerettet sein dürfte, diesmal empfindet er darüber hinaus eine Art Bestätigung, alles löse sich in einer Annehmlichkeit auf. Und was schließlich höchstwahrscheinlich kaum mehr als zwei Minuten

gedauert hat, kommt ihm wie eine Ewigkeit vor. Mit dem Unterschied allerdings, dass diese Ewigkeit selbst in ihrer vermeintlichen Unendlichkeit noch zu kurz anmutet.
Irgendwann wacht er praktisch auf und Annelie Geberths Kopf baumelt bereits seit längerer Zeit von den Schultern, und sie würde zusammenbrechen, verstünde es seine zuziehende Wut nicht, ihren Körper auf den Beinen zu halten. Nunmehr wird ihr Körperbau allerdings doch zu schwer, und sie beginnt zu Boden zu gehen, als hätte sie aus Verlegenheit eine Ohnmacht befallen. Ihre Hände haben sich, kurz bevor es zu Ende war, noch an den Wollschal geklammert, aus dem winzigen Einstich ist durch den enormen Druck eine ansehnliche Menge Blut ausgetreten, welches sich allerdings bereits in Annelie Geberths Bekleidung zurückgezogen hat.
Arthur lässt den leblosen Körper zu Boden sinken, löst den blutverschmierten Schal ab und verstaut ihn in seiner Jackentasche. Das Plüschtier, das Annelie Geberth längst fallengelassen hat, hebt Arthur auf und setzt es auf die Tote, deren Arme es einigermaßen festhalten sollen. Daraufhin zieht Arthur den am Rücken liegenden Leichnam, auf dem rittlings das Stofftier sitzt, bis zu dem winzigen, kammerartigen Raum, der von der die Installation hinterfangenden Wand abgeht.
Sobald er die Leiche verstaut hat, und zwar auf eine Art, die beim ersten Hinschauen glauben machen könnte, Tote und Tier befänden sich in tiefstem Einverständnis, was bei zwei Menschen

ein rührendes Bild abgegeben hätte, verschließt er die Türe und kümmert sich um etwaige Spuren. Zuletzt um die auf dem Skalpell, das er mit dem Schal abwischt und poliert. Danach ordnet er es präzise an jenen Platz, von dem er es zuvor aus dem Verband der verschiedenen medizinischen Geräte geborgt hat.
Den Schal und die blutverschmierte Jackentasche wird er ganz einfach waschen, sodass niemand ihn mit einer solchen Tat in Verbindung bringen kann. Annelie Geberths Leiche wird er morgen selbst, außer sich vor Entsetzen, auffinden. Das Stofftier wird eine Verbindung zu Rudofsky herstellen, und alles gemeinsam könnte als Erklärung für Tidows Freitod dienen. Eine Erklärung, hinter der man ohnehin verzweifelt her ist.
Bevor er das Museum verlässt, hebt Arthur Werdenau allerdings noch den Blick, eigentlich, weil er sich davon irgendeinen zusätzlichen Geistesblitz erwartet, bleibt aber an den Leinwänden hängen, die den Hintergrund des medizinisch-sakralen Szenarios bilden, als handle es sich um riesenhafte Bühnenbilder eines Requisitentheaters. Als er seine Hände auf den blutig-roten Farbflächen abwischt, kommt Arthur Werdenau zum ersten Mal der Gedanke, er sei im Begriff, ein anderer Mensch zu werden. Ja, er sei bereits ein anderer Mensch geworden.
Die Gemälde zu berühren, eines der strengsten Verbote musealer Ideologie, bereitet ihm erleichterndes Vergnügen. Er achtet nicht einmal darauf, innerhalb der roten Farbflecken und -bahnen zu

bleiben, sondern vergrößert den Farbauftrag, indem er auf die lediglich weiß grundierten Abschnitte ausweicht.
Zweifellos hat der Künstler Schweine- oder Rinderblut verwendet. Ob es ihn wohl stören würde, dass jenes von Annelie Geberth nunmehr beigemengt wird? Oder würde er in erster Linie die veränderte Oberflächengestaltung beklagen? Trotz aller Zufälligkeit scheint eine gewisse Gesamterscheinung berücksichtigt. Arthur Werdenaus Intervention verursacht dahingehend allerdings nur ein minimales Abweichen. Weder von einer Verschönerung, noch von einer Verhässlichung kann gesprochen werden. So viel steht fest.

Hanno Millesi

WÄNDE AUS PAPIER

Geschichten-Zyklus, 148 S., Luftschacht Verlag, Wien 2006
ISBN: 978-3-902373-19-9

Millesis wunderbar abnorme Kinder sind ganz auf sich gestellt, die Aussicht auf und die Einsicht in die Welt sind ihnen gleichermaßen schmerzhaft vermauert. Die Erziehungsberechtigten erscheinen als schwer durchschaubare Wesen, die ein harmonisches Familienleben inszenieren, während sie hinterrücks ganz andere Ziele verfolgen.
– *Frankfurter Allgemeine Zeitung* –

Zehn Erzählungen versammelt der österreichische Schriftsteller Hanno Millesi in seinem Band *Wände aus Papier*. Bis auf eine sind sie aus der Perspektive eines Kindes geschrieben. Sie handeln von der Hölle Elternhaus mit einer ausgesucht feinen Mischung aus Komik und Schrecken. Die ich-erzählenden Kinder Hanno Millesis führen ein wachsames Protokoll über ihr albtraumhaftes Dasein. Normalität gibt es hier nicht, sondern eine im genauen Beobachten immer fragwürdiger werdende Welt. Wie ein exemplarischer Lebenslauf früher Kinderzeiten an nahezu philosophischen Abgründen enden kann, führt Millesi mit Geschichten über den Kinderwagen, das Kinderzimmer oder über infantile Sprache vor.
– *Neue Zürcher Zeitung* –

Hanno Millesi

MYTHENMACHER

Roman, 188 S., Luftschacht-Verlag, Wien 2005
ISBN: 978-3-902373-13-7

Während Bernhards Pianisten am Genie Glenn Goulds scheitern, verzweifelt Millesis Antiheld an der Aufmerksamkeit der Fachwelt für einen vermeintlichen Blender, dessen Beschäftigung mit Zwischenkriegszeit und Austrofaschismus ungleich populärer ist als die des eifersüchtigen Erzählers. In dessen ständiger Selbstbefragung liegt eine Komik, die ein bisschen an Robert Walsers sympathische Verlierer erinnert. Wo Millesi auf geschichtliche Fragen eingeht, gewinnt sein kluger Roman noch an Dichte.
- Falter -

bm:uk

WIEN KULTUR

€19,90